神様のごちそう

―神在月の宴―

著　石田空

マイナビ出版

あらすじ

調理学校入学を控えた大衆食堂「夏目食堂」の娘・夏目梨花は、
旭商店街にある小さな寂れた神社で、
ひとりの男がお腹を空かせて倒れているのを見つける。
見過ごせずに持っていた手づくりのケーキをあげると、
突然「神様の料理番」に任命され、神隠しに遭ってしまう。
たどり着いたのは神様が住む「神域（しんいき）」と呼ばれる世界。
そこには、人々の信仰を失い、お腹を空かせた美しい男神
「御先様」がいた――。
戸惑いながらも腹をくくり、神様の料理番として働くことを
決めた梨花。しかし神域には、醤油もなければ、砂糖もない。
もちろん電子レンジも冷蔵庫も炊飯器もない。
でも、助けてくれる愛らしい付喪神たちがいた。
梨花は「りん」と名乗り、持ち前のポジティブさで、
醤油をはじめ、神域にない豆腐などをつくり出すことに成功。
付喪神の力を借り、どんどん料理のレパートリーを増やしていく。
でも御先様はなかなか「美味い（うまい）」と言ってくれない。
ちょっとわがままで不器用な御先様に
「美味い」と言わせるべく、りんは今日も奮闘中！

主な登場人物

りん（夏目梨花）

旭商店街にある「夏目食堂」の娘で、現在は神様「御先様」の料理番。いつも料理に前向きに取り組む。御先様への信仰を取り戻すべく、一度現世（元々いた人間の世界）に戻り、目的を果たしたあと、また神域へとやってきた。思い立ったらすぐ行動するパワフルさが取柄。

御先様

旭商店街にある「豊岡神社」の神様。化身は八咫烏。不幸な事件が偶然に重なり、人々の信仰を失っていたが、りんの働きにより信仰を取り戻した。白髪に白い着物を着ていて、白い羽がある。目の虹彩も白い。気分屋で怒ると雷のようなものを引き起こしてりんをビクビクさせるが、優しい一面もある。神様同士の交流が苦手。

氷室姐さん

神域にある氷室の管理人の女神様。御先様とは付き合いが長い。氷室姐さんの近くに食料を置いておくと冷凍保存、少し離して置いておけば冷蔵保存される。

花火（火の神）

りんが調理をする勝手場にいる付喪神。かまどに火を入れたり、調理の火加減を調整してくれる、りんの相棒。火の玉に目と口、マッチ棒のような手が付いている。

くーちゃん（腐り神）

酒蔵で働く付喪神。どろっとした体からは酸っぱさと甘さが混ざった強烈な匂いがする。からだの一部をちぎってものに混ぜると、そのものが発酵したり、腐ったりする。

ころん（鍬神（くわがみ））

畑を耕し、できた野菜を収穫する付喪神。りんが料理に使う野菜をいつも採ってきてくれる。見た目は小人のように小さいが、驚くほど力持ち。

海神様（わだつみさま）

御先様の神域の隣にある海の神域に住む女神様。わかめのようにしっとりとした黒髪で長い白い着物を着ている。肌には鱗のようなものが生えている。

こじか（古巣雲雀（ふるすひばり））

旭商店街にある「古巣酒造」の息子。現在は神域の杜氏（とうじ）。りんより以前に神隠しに遭った。りんの唯一の人間仲間。りんからは「兄ちゃん」と呼ばれている。

烏丸（からすま）

御先様の世話役。烏天狗でりんを神隠しした張本人。現世と神域を自由に行き来することができ、現世にある「豊岡神社」の掃除や管理などを行っている。御先様と外見がよく似ているが、修験服を着ていて髪や目、羽は黒色。空を飛ぶこともできる。りんのサポートから相談役までこなす、神域の中間管理職的な存在。

―神在月(かみありづき)の宴―

序章

豪奢な広間には、今日も塵ひとつ落ちていない。

御先様はそっと箸を持ち、膳の上に並んだ器からひとつひとつ料理を取る。あたしはその姿を正座で膝に手を置きながら、じっと見ている。ときおり兄ちゃんが御先様にお酒を注ぐ音が聞こえ、やがて、器の中身はすべて空っぽになった。

「……ふむ、悪くはない」

御先様が箸をぱちんと膳に置いたのを見て、あたしは兄ちゃんと一緒に頭を下げる。

「せいぜい励め」

「はい」

胸に少しだけつっかえる気持ちを押し殺して、そう返事をした。

広間をあとにすると、あたしは兄ちゃんにぽんぽんと肩を叩かれていた。

「なんだよ、りん。そんなに拗ねることでもないだろうが。あの人が『美味い』って滅多に言わないのは、今にはじまったことじゃないんだしさ」

「そうだけどさあ、そうなんだけど」

兄ちゃんは肩を今度はパシンと叩く。

「現世でも客は何も言わないのが普通だろ。料理人は美味いものをつくるのが普通で客は褒めてなんてくれない。口に出すとしたらクレーム、つうのはよくある話だろ」

「まあ、そりゃそうなんだけどさ」

「お前は気難しい御先様から、しっかり『美味い』って言葉引き出したことあるんだから、充分やってんだろ。あんまごちゃごちゃ考えんな」

「うん……ありがとね」

兄ちゃんに言われて、ちょっとだけ踏ん切りがついた。

あたしは神様――御先様の料理番として、兄ちゃんは杜氏として、朝と夕に食事と酒を用意している。ここは神様の住まう世界、神域だ。御先様はいつも食後に膳の感想を言ってくれるのだけれど、最近はなかなか「美味い」ってひと言が出ないのだ。

今回も言わせることができなかった。でも、次こそは。少しだけ気持ちを上に向けてから、勝手場へと戻った。

御殿の綺麗で長い廊下を歩く。足も腕もない球体がふわふわと飛び回り、廊下からは青々とした草木の生えている庭が見える。神域は今日も美しい。

勝手場に戻ると、賄いをつくりはじめる。

「りーんりーん、きょうのまかないは？」

かまどの下では、火の神の花火がぱちんぱちんと火花を撒き散らしてこちらを見てきた。

この神域には付喪神という御先様の身の回りの世話をする者たちがいて、花火もそのひとりだ。神域ではガスもとおってないし、電気だって使えない。だからこの子に火を分けてもらって、料理の手伝いをしてもらっている。

「おにぎり。でもそろそろバリエーション増やさないと駄目だよねえ」

このところ、メニューがマンネリ化しているような気がするから、もっといろいろ考えないと駄目だなあと思う。

あたしと兄ちゃんは神隠しされてここに来た。この神域はあたしや兄ちゃんが元々いた、商店街にある神社と繋がっている。神社に奉納されたものは神域でも手に入るのだけど、それ以外は滅多に手に入らない。

小麦粉はあっても卵がない。魚はあっても肉がない。その縛りプレイからメニューをあれこれと考えるのはなかなか大変だったりする。

それでも造り酒屋の息子の兄ちゃんが神域で酒をつくってくれているおかげで、酒粕は大量に手に入るから、酒粕の床をつくって、そこに魚や野菜を粕漬けにすることはできる。畑もあって、収穫した野菜は好きなように使える。氷室姐(ひむろねえ)さんという氷室の神様もいて、彼女の氷室に行けば、冷蔵庫と同じように食料を保存できる。

そんな神域での料理に慣れてきたけど、御先様から「美味い」って言葉を全然聞けていないから、頑張らないとなあ。

「ふう……」

賄いを食べ終わったあと、そんなことを考えてから、勝手場で洗い物を済ませた。洗った食器を拭いて片付けていると、手がぴりっとする感覚が走ったので自分の手を覗き込む。

水洗いで酷使した手のあかぎれに、水が沁みている。

うーん、ハンドクリームが欲しいなあ。そう思いながら、あたしは洗い終えた食器を片付け、自室にしている離れの小屋へと帰る。外に出ると辺りはもう暗くなっていた。

勝手場から小屋に帰るのには、畑の横を通る。ふと目をやると既に日が落ちた神域の畑に、誰かがぽんぽんと歩いているのが見えた。

畑を世話している鍬神（くわがみ）じゃないし、畑に肥料を撒いている腐り神（くさりがみ）のくーちゃんでもない。

あたしも神域に住んでしばらく経つけれど、ここにいる付喪神は数が多く、どんな神様がいるのかっていうのを全部は把握できていない。

あたしがぼんやりと畑を眺めていたところで、聞き慣れたバサリという羽ばたきの音が耳に入ってきた。

「やあ、りん。お疲れさん。今片付け終わったところか？」

「烏丸（からすま）さん。お疲れ様でーす。賄い、烏丸さんの分、一応は残してますよ。食器は明日洗いますから水に浸けといてくださいね」

「おお、ありがとう。助かった」

烏丸さんは御先様のお世話係で、あたしや兄ちゃんの相談役でもある。まあ、中間管理職みたいな人だ。人というか、烏天狗なんだけれど。

今日、賄いの時間に食べに来なかったのは、現世に出ていたせいらしい。烏丸さんは、本来あたしや兄ちゃんが住んでいるはずの現世にしょっちゅう行っている。この神域と繋がる神社は豊岡神社といって、御先様を祀っている。烏丸さんはそこの管理をしているのだ。なんか青臭い匂いがするから、神社の草むしりでもしていたんだろうか。

いつもの修験服姿の烏丸さんは、額の汗を拭いながら快活に笑う。

「なんだ、畑を眺めて」

「いえ、まぁた見たことない付喪神がいるけど、あれってなんだろうなと思っていただけです。でも不思議ですねえ」

「んー？」

付喪神は、御先様の神域のお世話をしてくれているし、あたしも料理をつくるのを付喪神に手伝ってもらっているけれど。本来は他の神様の神域にはこんなにたくさん付喪神は住んでいないらしい。付喪神に身の回りの世話をしてもらうのは、神様自身に力がないからって聞いたことがあるけれど。

御先様は一時期、本当に力がなくなっていた。豊岡神社の宮司さんがいなくなり、あたしや兄ちゃん含め、近所に住む人からも忘れられていた。奉納もされないのでお腹を空かせ、神格も落ちた。そんなすっかり廃れていた神社だったけど、今ではお祭りができるようになった。だから、現在はそれなりに元気なはずなんだ。それでも、付喪神がいなくなることはない。

「御先様って、付喪神たちを追い出そうとはしないんだなあと。それどころかまぁた知らない付喪神がいるなって」

「あー……御先様は力を取り戻したはずなのに、付喪神たちを今でも神域に置いているのはなんでだろうってことか」

「はい。あ、別に追い出してほしいってわけじゃないんですよ。あたしだって花火やころんが追い出されちゃったら困りますから」

火の神の花火や鍬神のころんは、あたしが神隠しに遭って神域に連れて来られたときからの友達だし、ずっと助けてもらっている。あたしが手をぶんぶんと振ると、烏丸さんは腕を組みながら畑を眺めている。

「そりゃあ御先様、行く場所がないやつには手を差し伸べるしかないんだろうな。付喪神はどこにだって住めるが神在月(かみありつき)に出雲(いずも)に行けるかどうかは、どこかの神域で許可がもらえるかどうかにかかっているしなあ」

「あー……前に言ってましたね、旧暦の十月に神様が集まって宴を開くって」

「ああ。あの人、本当にわかりづらいけど根は優しいからなぁ……でも、それが原因で、他の神様方からはよくは思われていないみたいだがな」

最後は独り言みたいだったので、それ以上つっこむこともなく、あたしは自分の小屋へと帰っていった。

小屋に入る前に、もう一度だけ畑のほうに視線を送る。

畑でぽんぽん歩いているそれは、鍬神が昼間に植えていた苗とかを、間引きしているようにも見えた。いったいなんの神様なんだろうと首を捻りつつも、あたしは自分の茅葺屋根の小屋へと引っ込んだ。

＊＊＊＊

ろうそくを灯した小屋の中で、あたしは手帳に日記を書いた。

神域には時計もなければカレンダーだってない。だから自分で日記を書くことで、体感時間を確認しているのだ。

日記に書いているのは、今日の朝餉と夕餉の献立に、隙間の時間にあった出来事。それらを書き終えてから、あたしはパラパラと日記をめくってみた。

「うーん……今日も『美味い』って言われなかったなあ」

最後に「美味い」って言われたのは桜が咲いていた頃。あたしが一度現世に戻って神域にまた帰ってきた頃だ。あれ以降は一度も言われたことがない。

うーん、頑張っているんだけどなあ。そう思いながら溜息をつきつつ、首を振る。落ち込んでもしょうがないし、あたしがここに帰ってきたのだって、ただ褒められたいからって理由じゃないもの。

そう思いながら手帳をパラパラめくっていて「あっ」と口を開く。

めくったのはカレンダーページで、九月のページだった。九月まではまだもうちょっとあると思う。

九月七日は、あたしの二十一歳の誕生日だった。

あたしは、一度現世に戻ったことがある。

この神域に連れて来られて御先様の過去を知った。それでなんとか御先様に力を取り戻してほしくて、豊岡神社で祭りをするために戻ったのだ。神域に戻ってきたのはこの春。桜が咲いていた頃だ。

二十歳の誕生日は現世にいたけど、祭りの開催と調理師免許の試験勉強でそれどころではなく、その前は神隠しされたばかりでここの時間の流れの感覚がわからずお祝いしていない。この手帳だって、一度戻ったときに持ってきたものだ。

「そうは言ってもなあ……」

神域のメンツを頭に思い浮かべるけれど、今年も誕生日は祝えそうもない。

だいたい神様っていうのは長生きだから見た目は若いけどすごい年齢なはずだ。果たして誕生日を祝うなんて概念があるのかな。

御先様はそもそも行事ごとがそこまで好きじゃないみたい。あの人が人の誕生日を祝うっていうのも、考えにくいんだよね。

烏丸さんは現世と神域を行き来してるから、言ったらなんかしてくれるかもしれないけれど、忙しい人にわざわざ自分の誕生日を伝えるのは「祝え」って強制しているようで気が引ける。氷室姐さんは……んーんーんーんー、どうだろうねえ。

ちなみに、神域で唯一あたしと同じ人間の兄ちゃんは、最初っから頭数には入れていない。だって兄ちゃん、彼女の誕生日に友達との予定を入れて怒らせて別れている人なんだもん。男は女とちがって、記念日ってものをあんまり大事にしないものらしい。

……まっ、いっか。誕生日になったら、自分の好きな料理をつくって自分で祝おう。それくらいだったら神域でだってできるだろう。

そう考えをまとめたら、手帳を鞄に突っ込んで、灯りを消すことにした。

明日も早いんだから、さっさと寝てしまおう。

第一章

それは突然の出来事だった。

あたしはいつものように朝餉の片付けを済ませ、包丁を研ぐ準備をしていた。

神域に置いてある包丁は、あたしが現世で使っていたステンレス包丁よりも切れ味がいいものの、デリケートだ。水分が少しでも残っていたらすぐに赤サビが浮いてしまうし、ステンレス包丁よりもよっぽど高い頻度で研がないといけない。手入れが必要なぶん、よく切れてくれるからいいんだけどね。

さて、今晩の献立はどうしようと考える。

今日は季節の魚を使ったものにしよう。御先様の神域には海が隣接していて、それは海神様という女神様の神域になっている。あたしは、神隠しに遭ったばかりの頃から彼女にはお世話になっていて、兄ちゃんのつくった酒と引き換えによく魚や、かつお節をもらっている。今日も夜が明けないうちに海神様の神域に行って魚をもらってきた。それをメインに据えようと思う。最近は漬け焼きが多かったから、揚げ物がいいかな。

そう今晩の献立を頭の中で組み立てつつ、包丁を砥石に当てた。

その途端に金属が弾ける音がした。

「……あ」

包丁の先端が、いきなり音を立てて作業台から飛び、そのままピィーンとかまどの近くまで飛んでいってしまった。

……って、ちょっとぉぉぉぉ!?

あたしは慌てて刃こぼれしてしまった包丁を、もう一度よく見る。

ああ……先端が見事に欠けてしまっている。これじゃ魚を捌(さば)くのは無理だあ……あたしは思わずがっくりとうな垂れた。

勝手場に置いてある他の包丁を見てみる。普段は三、四本の包丁をローテーションで使っているけれど、今研いでいたやつみたいに魚を捌くのにちょうどいいサイズの包丁がない。

「りんー、なんかとんできたぞー?」

大きな目をきょろきょろと動かし、パチンパチンと火花を散らしながら花火がそう訴える。今はかまどの下で、のんびりとくつろいでいるところだったらしい。

「ああ、ごめんね……!　ちょっと包丁が折れちゃって!」

「ほうちょう?」

「うん……ああん、今晩どうしよう。これじゃ今日は魚がメインの料理は無理だぁ……!　献立替える?　でも捌かなくってもいい魚なんて、今あったかなあ」

あたしがどれだけギャーギャー叫んでも、当然ながらその重大さは花火にはわからないだろう。メインがつくれない以上、最初に考えてた献立は全部替えたほうがいいのかな、でも代わりの献立どうしよう。

ひとりで勝手に叫んでいたら、勝手場にカラカラと下駄を転がす音が近付いてきた。

「なんだ、大声上げて。外まで聞こえてたぞー？」

烏丸さんが勝手場に入ってきた。

「ああん、烏丸さん！　どうしましょう！」

「んー？　どうしましょうって」

「包丁が、折れちゃったんですよ！」

あたしは、包丁が折れたあらましと、献立を変えたくないこと、今晩の献立にはこの包丁が必要なことまでを一気にまくし立てて話した。すると、烏丸さんは顎をさすりながら「あー……」と唸った。

「そりゃ災難だったなあ。俺にはお前さんみたいに包丁の違いってもんはわからないが、要は代わりがあればいいんだな？」

「そうです！　あ、でも神域で包丁なんてどうやって調達すればいいんでしょ？」

神域では対価を支払うことで願いを叶えてもらえる。

たとえば出汁に使うかつお節が必要なときは、海神様のところに行って酒や料理と引き換えにもらう。付喪神に手伝ってもらうときだってそうだ。花火もあたしが賄いをあげるから働いてくれるんだ。この神域で対価なく動けるのは、人間のあたしや兄ちゃん以外では烏丸さんだけだ。

でもあたしは、包丁が手に入る場所の心当たりがない。あたしが頭を抱えて「うーんうーん」と唸っていたら、烏丸さんはちらっと外を見る。

「まあ、今の時期だったらやっているだろう。あそこだったら包丁の一本や二本手に入るだろうから、行くか。りん、対価を用意して出かけるぞ」

「えっ、わかりました……でも、どこに……？」

烏丸さんの言葉に、あたしは頭の中がハテナマークでいっぱいになる。対価が必要ってことは、神様のところに行くんだよね。「今の時期だったら」ってことは期間限定なのかな。

あたしは首を捻りつつも、今日の朝餉の残りのたけのこご飯をおにぎりにして持っていくことにした。

＊＊＊＊

神域はいつだって霞がかっている。その景色を眺めながら、烏丸さんに摑まって空を飛んでいる。最初、神隠しに遭ったときは烏丸さんが飛べることに驚いたけれど、今はもう慣れた。

黒い羽をはばたかせ、烏丸さんがどんどん御先様の御殿が遠ざかっているのを見ながら、あたしの疑問はさらに深くなった。

「包丁を現世に買いに行くってことですか？」

「ははは、お前さんもう里帰りしたいのか？」

「そんなんじゃないですけど。でもこっちって現世の方角ですよねえ？」

見降ろしていると、鍬神が世話をしている畑は遠ざかっていくし、花園に咲く花々も点々にしか見えなくなっていく。そして迫ってくるのは、まっ白な場所だ。ここが神域と現世の境なのだ。

「やっぱり現世に行くんじゃないですか？」

これでも三回とおっているんだ、あたしは。烏丸さんはあたしの言動に面白そうに含み笑いをしながら、軽く首を振った。

「今日、用事があるのは境だからなあ」

「ええ……境って、なにもない……ですよね？」

「りんはまだ行ったことがなかったか。普段は用事がないからなあ」

そう言いながら、烏丸さんはまっ白な境へと降下していく。たしかにとおったことはあるけれど、ここに降りたことはない。そもそも烏丸さんと一緒じゃないと来られないし。

突然喧騒が聞こえてきて、あたしの目が点になる。

上空から見ていた今までは、白い霞で覆われていて全然気付かなかったけれど。降りてみると上空には色がないのに、そこにはちゃんと色があった。

ぐるっと辺りを見回すと、あちこちで御座が敷かれ、その上にさまざまな物が並んでいる。まるでこれって……。

「……市場（いちば）？」

「ああ、そうだ」

烏丸さんにあっさりと肯定されてしまい、あたしは驚いて振り返る。

「市場って……今まで聞いたことないですよ……っ」

「定期的にやっているもんでもないしなあ。お前さん、現世で古本市やら古道具市って行ったことがないか？」

「ええっと……古道具市はあんまり行ったことがないですけど、古本市なら何回か」

質問の意図が全くわからないまま答えると、烏丸さんはのんびりした歩調で歩きはじめた。あたしも慌ててそれに付いていく。

よくよく見てみれば、御座で品を並べているのは皆小人や子鬼みたいな小さい生き物で、それらの品を物々交換で入手している者たちは烏丸さんみたいに人間に近い姿をしていた。

烏丸さんは賑やかな人波を眺めつつ、解説してくれる。

「元々市（いち）っていうのは、神社や寺の管轄だったんだよ。市は斎（いっき）から来た言葉なんだ。斎っていうのは身も心も綺麗になって神に仕えることだな。古くなったものに魂が宿ると付喪神になる。それらが悪さをしないよう、人間たちは神社や寺で付喪神を落として、ただの物になったものを売っていた。それが市だ。時代と共に、市も意味が変わったがなあ」

「あれ？　じゃあ付喪神って」

「付喪神は『喪が付いた神』とも言われるが、九十九に神と書くこともある。つまり『九十九年生きた神』だ。物は九十九年経ったら魂が宿る。それが付喪神だ。そういうものが現世にいても許された古い時代では、人間と共存できていたんだが、今の現世では大騒ぎになるからなあ。現世にいられない、でも神域にも入れないってやつらが、こうして現世と神域の境に住んでいるんだよ」

でも御先様の神域にはたくさん付喪神がいるけど。あの子たちとの違いはなんだろう。

あたしの心の中を読んだかのように烏丸さんが続ける。

「ここにいるのは物からまだ離れられないやつらだなあ。今は市をやるにしても神社で付喪神を落としたりしないだろ」

「じゃあ付喪神たちが売っているのって……？」

「自分たちが宿った物だなあ。それを欲しい者に対価と交換にもらってもらい、身軽になることで、ようやくあいつらはあちこちに移り住むことができるんだよ」

ちょうど狐のお面を被った人が、お酒が入っているらしい樽と引き換えに、御座の上にあったお皿をもらっているのが目に留まった。それを並べていた付喪神らしい子がパタパタと手を振ってお面の人を見送っているのを見て、あたしはなんとも言えなくなった。

いわば自分の分身を売り払うっていうのが、不思議というかなんというか。

あたしが目をパチパチさせながらそれを見ていると、烏丸さんは苦笑を漏らす。

「誰だって自分を大事にしてくれるやつに自分の分身を引き渡したいのさ。この感覚は付喪神じゃないとわからないだろうけどなあ」

「はい……あたしもこれはちょっと理解が追い付かないというか……あたしが出会ったと

きには花火は花火でしたし、ころんやくーちゃんに分身がいたなんて、想像できませんよ」

「まあ、あいつらは分身と離れてずいぶんと経つからなあ。それに、りんの時代だと、付喪神になるほど物を長く使うってこともあまりないだろうしなあ」

そんな会話をしながら歩いていると、カーンカーンと音が響いてきて、その音のほうに目を向けた。鍛冶屋（かじや）みたいな格好の小人たちが、寄ってらっしゃい見てらっしゃいとばかりに、鍋をカンカンと叩いていた。並べてあるのは、調理道具みたいだ。

思わず烏丸さんを見ると、烏丸さんは笑いながら「行っておいで」と言うので、あたしはその出店に近寄ってそっと覗いてみた。

並べてあるのは、古めかしい鍋（こんなに古い鍋、よく底が焦げて抜け落ちなかったなあと思う）、よく切れそうな鋏（はさみ）（職人がつくったものらしく、これだけでも簡単な料理ならできる大きさのものだ）、そして……。

包丁も何本か置いてある。あたしはそれらをじっと見て、小人たちに尋ねる。

「ごめん、ちょっと握ってみてもいいかな？」

何人かの小人が顔を見合わせたあと、こちらのほうに向き直ってこっくりと頷いてくれた。「ありがとう」とお礼を言ってから、あたしは一本一本をそっと握ってみる。

普段魚を捌くのに使っているのは出刃包丁。頭の中でまな板の上で使っているのを想像しながら持って比べてみる。少し重いと思ったり、扱いづらいと思ったりするものがある中、一本しっくりとくるものがあった。本当だったらすぐに魚を捌いてみたいけれど、そるる。

あたしが小人にそう言うと、小人のひとりが目をウルウルさせながらこちらを見上げてきた。刃の部分をくるくると紙で何重にも巻いたあと、あたしのほうに手を差し出してく

「これ……これをちょうだい」

れはさすがに無理だろう。

「たいかをください」

「ああ……対価ね、ごめんごめん。ちょっと待ってね」

あたしは慌てて、持ってきていたたけのこご飯のおにぎりを差し出した。御先様からは「悪くはない」と言われた朝餉の残りだ。不味くはないと思う。

あたしが竹の皮で包んでいたおにぎりを、小人はひくひくと鼻を動かして嗅いで、はむりっ、とそれを食べる。途端に目をキラキラさせてきた。

「うまい……！」

「ふわぁ、そりゃよかった」

あたしがそう言って頷いたら、小人は大事そうに残りのおにぎりの入った包みを抱えながら、「はいっ！」と包丁を差し出してくれた。

「だいじにつかってね、おれのぶんしん」

「うん、本当にありがとうね」

小人はあたしが包丁を受け取ったあとも、何度も何度も手を振って見送ってくれた。あ

たしも何度も何度も頭を下げて烏丸さんの待っている場所に戻った。

烏丸さんはそのやり取りを、ただ面白そうに目を細めて見ているだけだった。

あたしはもう少し市を眺めてから、神域に帰ることにした。まだたくさんの付喪神たちが必死で自分の分身をアピールしているのが見える。

あたしがもらった包丁……あの小人の分身だったんだよね。そうと思うと、なんだか不思議な気分だ。けど、大切にしようって思う。

「ふう……なんだかずいぶんな物をもらっちゃったんですけど……対価がおにぎりでよかったんですかねえ。だって、あの子にとっては分身だったんでしょう？」

その言葉に、烏丸さんは笑いながら答えてくれる。

「いや、むしろこれでよかったんだと思うぞ。付喪神が分身を手放すときは、大事に使ってもらえると確信が持てたときだからなあ。それにどんなに古い物だって、全部が全部付喪神になれるわけじゃないしな」

「ええっと、さっきも言ってた九十九年経たないと、付喪神にはならないってやつですよね？」

「ああ。大概は付喪神になる前に、物のほうが先に壊れるしな」

「まあそうですよねえ。……長く使えるものって、いいものだってわかるんですけど、そのぶん値段が張り過ぎて、なかなか手に入れられないです。だからあたしはお手頃価格のものを、後生大事に使っちゃいますよ」

「うん、付喪神になろうがなるまいが、お前さんのその考え方だったら大丈夫だろう」

「ええ……？」

いったいなにが大丈夫なんだろう？

あたしが変な声を上げると、烏丸さんは暢気に笑いながら空を仰いだ。あたしもつられて空を見上げる。ここは神域以上にまっ白で、空の青なんてちっとも見えやしない。

「物は大事にされていた記憶があれば持ち主を大事にするが、逆だったら祟るからなあ」

……なんだか、普段から花火が言ってる約束を破ったら祟るぞっていう言葉を思い出した。どこの付喪神もそういうふうにできているのかもしれない。

＊＊＊＊

新しい包丁のおかげで、夕餉の献立は問題なくつくれそうだ。

あたしはわくわくしながら、今朝海神様の神域からもらってきたばかりのいさきをまな板に置いた。まずは包丁の刃を立てて擦るようにしてうろこを取る。そして頭を落とすために、包丁の刃を入れる。それは本当に気持ちよくスッ……と入ってくれた。

「おー……」

折れた包丁も相当にいいものだったけれど、新しくもらったものだって負けてはいない。力を加えなくっても綺麗に切れる包丁はいい包丁だ。

三枚におろし、骨を処理して水で溶いた小麦粉につける。畑で収穫したうどもひと口大に切り、衣をつける。

かまどでは花火が鍋と釜の面倒を見てくれている。花火はかまどの火をつけたり消したりするのはもちろん、火力の調整も完璧にしてくれるのだ。

鍋で煮ているのはがんもどきとさやえんどう。出汁で煮たそれに、醤油をかけた大根おろしを添えて食べるのだ。

釜で炊いているのはアクを抜いた山菜を入れたご飯。もうそろそろご飯は蒸らしに入るタイミングだ。あたしは花火に頼んで一度火を止めてもらう。釜をかまどから降ろして、代わりに油を入れた鍋を置いた。

「花火ー、こっちの鍋を中火にしてー」

「おーう。りんー、もらってきたほうちょうはどうだーい?」

花火は包丁が折れたのを見ていたし、あたしが慌てていたのを知っているから、しきりに新しい包丁を気にしていた。あたしはそれににこにこと笑って答える。

「無茶苦茶いいね」

「そりゃよかったな!」

花火はこれで賄いの心配がなくなったというように笑いながら、かまどの下に潜り込み、ぽっぽっと火花を散らし、あっという間に火をつけてくれた。油が温まったのを見計らって、あたしはまずうどを揚げ、次にいさきもカラリと揚げた。

朝餉では炊き込みご飯に使ったたけのこを、今度は汁物に。出汁に入れて火が通ったらわかめを加えお酒と醤油で味を調えた。

山菜ご飯、いさきとうどの天ぷら、がんもどきとさやえんどうの煮物、わかめとたけのこのすまし汁。

それらを器に盛り付けて、膳に載せて御先様の待つ広間に運んでいく。付喪神たちによって毎日磨かれている廊下は、今日もピカピカだ。

廊下の向こうには花園が見える。四季折々の花が咲き誇るそこは、今は山百合が栄華を極めている。

途中で、お酒を運んでいる兄ちゃんと出会った。

「なんかお前、昼間に出かけてただろ。どうかしたのか?」

「うーんと、包丁もらいに行ってたんだよ。折れたから」

「はあ、折れたぁ?　それ、大丈夫なのか?」

「大丈夫じゃないからもらいに行ってたんだよー」

なんて言っている間に、広間の襖が見えてきた。あたしたちは正座して、襖の向こうへと声をかける。

「御先様、食事をお持ちしました」

「入れ」

短い応答があったのを確認して、襖に手をかけて中へと入る。

金屏風に、むわりと井草の香る青い畳。

御先様は脇息にもたれかかりながら、ぼんやりとしていた。桜が咲いている時期は御先様もよく庭に出てきていたけれど、桜の季節が終わってからは広間にこもりっぱなしだ。

あたしが運んできたものに視線を落としながら「ふむ」と唸る。

「なにやら外に出ていたみたいだが、膳にはあまり変わりがないみたいだな」

……ずっと広間にいたはずなのに、いったいどうしてあたしが昼間出かけてたの知っているんだろう。

一瞬そう思ったものの、この神域を治めているのは御先様だから、そんなことくらい簡単に把握できる手段があるんだろうと思うことにする。

「材料を探しに行ったわけではありません。勝手場で使っていた包丁が折れたので、烏丸さんに頼んでもらいに行っていました」

「ああ……境か」

あたしの言葉で御先様は納得したようだ。隣でお酒を注ぎながら、兄ちゃんはなにがなんだかわからないという顔をしているけれど。

下手くそな説明でしどろもどろになりながら料理の解説をしつつ、御先様が食べるのを黙って見守る。

この人は本当に綺麗に食べてくれる。いさきの天ぷらを食べてから、わかめとたけのこのすまし汁に口を付ける。次にがんもどきの煮物をひと口大に箸で切りながら食べると、お茶碗のご飯。最後にはひと粒残さず平らげてくれた。

「……悪くはない」

「あ、ありがとうございます」

まーた、「美味かった」と言ってもらえなかったな。思わずがっくりしそうになるのをこらえつつ、あたしはぺこり、と手を突いて挨拶をする。

御先様は再び脇息にもたれかかり、ゆるりと口角を持ち上げる。

「せいぜい次も励め、下がれ」

「……はいっ！」

そう返事をしてから、あたしは兄ちゃんと一緒に広間をあとにした。

兄ちゃんと一緒に勝手場に戻り賄いをつくる。山菜ご飯はおにぎりにした。がんもどきの煮物とすまし汁をつけて兄ちゃんとあたしの賄いにする。花火には余った山菜ご飯を小さく丸めて。ひょいひょいと投げてやると、花火はヒョイパクッ、ヒョイパクッと器用に飛んで食べていた。

兄ちゃんはあたしが昼間に行った境の市の話を聞きつつ「はあ〜……」と唸りながらすまし汁をすすっていた。

「俺もこっちにはそれなりにいるけど、そんなとこ行ったことないもんなあ。うちの樽でも壊れない限りは、多分用はないだろうし」

「うん、あたしもびっくりしたけどねえ。付喪神がどうやって出てくるのかなんて、考えもしなかったしねえ」

　食べるのに夢中でしばらく会話に入っていなかった花火は、食べ終わったのかパチンパチンと火花を弾けさせながら「でもなあ」と言ってくる。

「なあに？」

「つくもがみだってかみさまだって、わるいやつはわるいやつだし、いいやつはいいやつなんだぞ？」

「それって、対価を支払ってさえいれば祟らないっていうこと？」

「ちがうんだぞー、ちゃーんとよりしろをもらってくれたら、わるいやつにはならないんだぞー」

「よりしろって？」

　あたしが聞くと、花火は丸っこい体をふんぞり返らせながら説明してくれる。

「ものだったときのからだのことだぞー。むかしはガッチャンガッチャンこわされてたし」

「へえ……？」

　意味がわからず、あたしと兄ちゃんが顔を見合わせていたところで、また出かけていた烏丸さんが「賄いあるかい？」と勝手場に入ってきた。あたしがいつもの要領で、烏丸さんの分の賄いを差し出すと、烏丸さんは早速山菜おにぎりを頬張った。

「あの、花火が『むかしはよりしろをガッチャンガッチャンこわされてた』とか言ってているんですけど……」

「あー……付喪神の依り代、だな。りんはさっき包丁の付喪神から包丁をもらってきただろ。その包丁があの付喪神の依り代、だな」

　烏丸さんは山菜おにぎりを咀嚼し、指についた米粒をペロンと舐める。

「今は古くなる前に替えることが多いだろうが、昔は物は修理しながら古くなるまで使って、本当に使えなくなったら全部燃やしてたからなあ。付喪神になるほど古くなると壊したり燃やしたりして手放して、新しいものに買い替えるっていう風習があった。それで怒った付喪神たちが百鬼夜行……付喪神たちの大名行列みたいなもんだな……それを起こして人間たちを畏れさせるようになった」

「そうなると余計に人間は古い物を使おうとは思わなくなるかもしれないですね……」

　普段は愛嬌はあるけれど、花火はきっちりと対価を要求するし、それはここにいる他の付喪神だって皆そうだ。対価さえ支払っていれば祟られることはないって思っていたけれど、最初は抗議活動とかもしていたってわけなんだね。

　思わずぞっとするものの、烏丸さんはのんびりと笑う。

「まあ、今の現世ではよっぽどのことがない限り付喪神が新しく生まれることはないし、ひっそり隠れてたとしてもそこまで悪さもしないだろ。神域にいるようなやつは、ちゃんと対価を要求してくれるから、却って祟られたりする心配もないしな」

「そうですね、ははは……」

　あたしがちらっと花火を見ると、花火はにぃーと大きく口を歪ませる。

「りんはごはんがうまいから、たたったりしないんだぞー」

……いつもの屈託のない口調で言うもんだから、それが冗談なのか本気なのかは、わかりゃしない。

＊＊＊＊

神域の空が晴れるのは、十五夜の夜だけだ。

でも不思議なことに、洗濯物が生乾きってことはない。

野菜や魚を干しても、三日くらいでちょうどいい具合に乾いている。だからたくあんを漬けるための大根もうまく干せるし、魚の一夜干しも失敗なくつくれるからかまわないんだけれど、どういう理屈なのかはいまいちわからない。

今日は朝餉が済むと紅葉を採ってきて塩に漬け込んだり、野菜を糠に漬け込んだりしていた。

そして。

あたしは壺に入れていたものを覗いて「んー……」と唸っていた。隣ではくーちゃんがこてん、と首を傾げている。

「できたー？」

「んー……やっぱり水飴だったから駄目みたい。失敗したぁー」

「そっかあ」

くーちゃんが「ごめんなさーい」とへにゃりとしているのに、あたしは「まあまあ」と壺の中から梅を取り出してそれを対価としてあげる。梅は水飴に漬けられてテカテカ光っているけれど、残念ながら欲しいものは出来上がらなかった。

三日前。青梅が採れるようになったから、梅干しと梅ジュースを仕込んでみようと思い立ってやってみたのだけれど、梅ジュースのほうが失敗してしまったのだ。

本当だったら梅ジュースは、青梅に砂糖、もしくは蜂蜜をかけて、一ヵ月ほど置いておけばジュースのもとになるシロップができるんだけれど、御先様の神域には砂糖も蜂蜜もない。水飴はあるから、それでどうにかならないかなと思ったのだ。今回は早くつくりたくてくーちゃんに手伝ってもらったんだけど、三日床下に置いて出来上がったそれは、発酵が進み過ぎてしまっていた。

くーちゃんは腐り神で、腐敗や発酵を司っている。普段は兄ちゃんの酒蔵にいて、麴をつくるのを手伝ってくれている。くーちゃんのおかげで季節を問わずおいしい酒ができるのだ。あたしもくーちゃんがいないと醬油がつくれないから助かってるんだけど。

シュワシュワと泡立ってしまっているのを見て、あたしは溜息をついた。どうもくーちゃんの発酵パワーがすご過ぎたみたい。

飲めないこともないんだけれど、梅の風味は落ちてしまっている。仕方ないから、水飴漬けの梅は火にかけて梅ジャムにでもしよう。発酵し過ぎた梅シロップはなにかに使えないかなあ。

……楽しみにしてたんだけどなあと、あたしは思わずがっくりとする。

一方、塩と赤じそと一緒に漬け込んでいる梅干しのほうはいい感じだ。このままもうしばらく漬け込む。梅を漬け込むと出る梅エキスの梅酢が出てきたらそれを抜いて、実を天日干しすれば、いい具合に梅干しができるだろう。梅干しには旨味がいっぱい詰まっているから、これでまた料理のレパートリーも増える。

あたしはそう思いながら、小鍋に梅シロップができなかった壺の中身を入れて、花火に「火をちょうだーい」と頼む。火がついたらコトコトと煮はじめた。

「ふう……今日も暑いよねえ」

「えー、そうなのかあ？」

「うん、暑いよー」

花火は火の神で、自分が最初っから熱いから、そういう感覚はわからないんだろうなあと思う。

あたしは小鍋の中身をかき混ぜながら、ときどき割烹着の胸元をパタパタと仰ぐ。梅の実の旬も終わる頃だし、現世はもう夏のはず。そりゃ暑いよなあ……そこまで考えて、気が付く。

あれ、いつ水を飲んだっけ？　神域は現世よりも過ごしやすいから、現世ほど「熱中症予防に水を飲まなくちゃ！」なんて考えたことがない。小鍋でトロッとジャム状になったものを、小さめの壺の中に移しながら、あたしは「んー……」と考える。

まあ、大丈夫だろう。そう思ったんだけれど、やっぱり今日は暑い。頭がだんだん、ぼーっとしてくる。やっぱり水を飲んだほうが……、そこまで考えて水を汲みに行こうとしたとき、体がぐらっと傾く。

あ、しまった。一瞬そう思うものの、頭を思いっきりガンッと食器棚に打ち付けた。それがいけなかった。そのまま床に倒れ込んでしまう。

「りん!!」

「あれー、りんー?」

花火の悲鳴と、くーちゃんの間延びした声が耳に入ったような気がしたけれど、頭がまっ白になり、そのままあたしの意識はぶっ飛んでしまった。

＊＊＊＊

最初に感じたのは、額の冷たさだ。麻布のざらりとした感触と一緒に、ずっしりとした氷の重さ。うっすらと目を開くと、見慣れた裸の梁が重なった天井……。あたしはぺったんとした布団の上に寝かされていた。

「あらまあ、気が付いたかい?　あんた頭思いっきりぶつけたって聞いたけど、頭のたんこぶは大丈夫かい?」

「え？　いっだ……！」

　あたしの枕元に座っていたのは青白い着物を着た氷室姐さんだった。いつものように花魁風に胸元を露出させている。

　彼女が麻でできた袋にたっぷりと氷を入れて冷やしてくれたらしい。なにより氷室姐さんの近くはひんやりとしていて気持ちいい。氷室姐さんに言われて、頭に触れてみたら、立派なたんこぶが腫れ上がって熱を持っていた。

「あ、あの……あたし勝手場で用事していたところで倒れたらしくって」

「そう言ってたよ。火の神が慌てて助けを呼びに行ったらしいねえ。こじかがここまで運んできたのさ」

　ちなみにこじかというのは兄ちゃんのことだ。神域では本名を名乗ってはいけないらしく、あたしも本名は梨花（りか）だけれど「りん」ということになっている。

「ねっちゅーしょー？　とやらが原因みたいだから、ちょっと冷やしてやってくれって頼まれてねえ……」

　兄ちゃんが氷室姐さんに頼んでくれたんだ。あとでお礼を言わないと、と思う。

「氷室姐さんもありがとうございます……あー、まだ全然夕餉の用意できてない!!　もう日は暮れますか？　御先様のご飯どうしよう……」

　あたしが慌てて勢いをつけて起き上がろうとしたら、氷室姐さんにデコピンされてそのまま布団に倒されてしまった。

「はあ、お馬鹿なことを言うねえ。あんたも。御先様だって一日くらい食べなくたって死にゃしないよ。人間のほうが神より何倍も弱っちいくせして。あんたは今日一日お休みだよ。もう既に烏丸が御先様にも了承をもらってるさね」

「って、なんですかそれはっ！　御先様だけじゃなくって、他の皆もご飯食べられないじゃないですか……！」

「だから、一日だけの話さね。それに懲りたら、もうちょっと自分を大事にしな。それじゃ、あたしもそろそろ氷室に戻らないと駄目だからねえ。ここは暑いしねえ。うろちょろしないで、大人しく寝とくんだよー」

何度も何度も氷室姐さんはあたしに釘を刺してから、小屋をあとにした。

残されたあたしは、麻布の袋に入った氷を自身の額に押し当てる。

布団は汗でぐっちょりとして寝苦しい。それでも氷室姐さんが置いていってくれた氷のおかげで、どうにか火照った体を冷ますことができた。でも……。

あたしは安静にしているのに慣れていない。現世にいたときは、風邪ひとつひかなかった。小中高と皆勤賞で表彰されていたくらいだ。だから体はぐったりとしているのに寝付くことができない。

「りーん、寝てるかー？」

と、戸の向こうから声が聞こえた。ここは「起きてるか」って聞くところではないのか。兄ちゃんの声に、あたしは声を上げる。

「起きてるよー。どうぞー」

「おー」

兄ちゃんは戸を開くと、ずかずかと入ってきた。手にはプンと甘い匂いの漂ってくる徳利を持っていた。

「お前もばっかだなあ。熱中症で倒れるなんてさ」

「熱中症……というか、神域に熱中症があるなんて知らなかったんですが」

「ばぁか、あっついところにこもってるんだったら、水取れって、水。こういうのを、医者の不養生っていうんだろ？」

「あたし、お医者さんになった覚えはないんだけどなあ」

「お前ぐったりしてる割には、口だけは達者だよなあ」

勝手知ったるなんとやらで、兄ちゃんはちっとも容赦してくれなかった。

あたしがぐてっとしている隣で、お猪口(ちょこ)になにかを注いでくれる。独特の甘い匂いに、とろりとした乳白色のそれ。

「あたし、お酒飲めないよ？」

「なんだよ、お前もう成人してたんじゃなかったっけ？」

「んー、酔っぱらったらあんまりひとつのことに集中できなくなるからなあ」

「あっそ、でも安心しろ。これ酒じゃないから。甘酒、な」

「あー……」

そっか、ここではお酒をつくっているんだから、普通に酒粕だってできるし、その酒粕から甘酒だってできるんだよなあと、今更ながら思った。ぷん、と漂うその匂いは、市販のものよりも濃いなあとついつい顔をしかめてしまうけど。

「甘酒は栄養たっぷりなんだぞ」

「兄ちゃんが普段あっついところで作業してるのにピンピンしてるのは、これを飲んでたからなんだ」

「単純に自己管理の問題じゃねえか？　ほれほれ」

そう言いながらあたしの枕元にそっとお猪口を置いてくれる。あたしはちょっとだけ起き上がって、お猪口に口を付けてみた。

とろりとした甘さと一緒に、体中に酔いが回るような気がする。……やっぱり、これ市販のやつよりも濃くないかとついつい眉を寄せてしまうけれど、折角持ってきてくれたものを無下にすることもできず、お猪口に入った分は全部飲み干した。

「ふー……ありがとう。でもこれ、アルコール強い気がする……」

「そうかあ？　結構水で割ってるんだけどなあ」

「うん。でも……ようやくちょっと寝れそうな気がする」

「そっかそっか。寝ろ寝ろ」

兄ちゃんは残りの甘酒が入った徳利を冷やすように、氷の入った桶に入れて、小屋を出ていった。

足音が去っていくのを耳にしながら、あたしはうつらうつらとやってくる眠気に身を任せる。

そういえば、神域に来てからこんなにのんびりした日ははじめてだと、意識を失う直前にそう気が付いた。

＊＊＊＊

あたしが住んでいる茅葺き屋根の小屋は、やけに風通しがいい。いつもぴゅーぴゅーとすきま風が吹いてくる音がして、夏はそのぶん涼しいけれど、冬になったら大丈夫なのかと心配になる。あたしはまだ神域で冬を過ごしたことがない。

いつものようにすきま風が吹いている音が聞こえるが、その音と一緒に、なにかが揺らめいている音もすることに気が付いた。あたしは思わず耳を澄ませていた。どれだけ寝ていたのかはわからないけれど、まだ瞼は開いてくれない。

それは洗濯物を干しているときにタオルがたなびく音によく似てる……ん、洗濯物？

そこであたしははっとする。今日は洗濯はしてない。でもそれに似た音がしているということは、この小屋の中にいる誰かの服がたなびいているということ……？

うっすらと目を開くと、白が見えた。

こちらをじっと見下ろす目には色がなく、表情も乏しい……って。

「み、御先様……⁉」

思わずがばっと起き上がろうとしたら、そのまま布団に押し戻されてしまった。あたしを布団に押し戻すこの人の手は、相変わらずひどく冷たい。

「こっんな汚いところになんでいらっしゃるんですか⁉」

「そのままでよい。寝てるがよい」

「あ……はい」

言われるがままに、あたしはもう一度布団に横たわる。沈黙が降りるものの、風は騒がしく、ぴゅーぴゅーと吹き込んでくる。そのせいで、御先様の着ている狩衣（かりぎぬ）の袖がときおり音を立てて揺れている。なんだか申し訳ない。

あたしの内心の混乱をよそに、御先様は表情が読めない顔で布団の横に座り、こちらを見下ろしていた。

「あ、あの……本当に、申し訳ありません」

おずおずと口を開くと、御先様は意外なものを見るように目を瞬かせた。

「なにがだ」

「……あたし、今日の夕餉の準備ができなくって。自己管理ができておらず馬鹿でした」

どうして御先様がここまで来たのかは知らないけれど、とりあえず謝る。

あたしがなんのためにここにいるのかって言ったら、御先様にご飯をつくるためなのだ。倒れたからつくれませんって駄目だなあと、反省する。

こちらの言葉に、しばらく御先様は沈黙しじっとあたしを見下ろしたまま、短く答える。

「ああ、さようだな」

……あっさりと肯定しなくってても。そう思ったけど、この人に遠慮をされてもきっと困ってしまうだろう。

というか、なんでここにいるんだろう。わざわざあたしの様子を見に来たの？　こんなオンボロな小屋に？

しばらく間を開けたあと、御先様は深く溜息をついた。

やっぱり怒りに来たのかなと、身構えたそのとき。

「……人の子は脆い。寝て治るのであるならそれに越したことはなかろう。そのまま寝てるがよい」

静かな口調で御先様が言った。

ええっと……もしかして。

もしかしなくっても、御先様はお見舞いに来てくれただけ……？

あたしはちらっと御先様を見上げる。整い過ぎている顔立ちは、不機嫌なときはぞっとするほど冷たく見えるけれど、今日は普通に見上げられる程度には、機嫌は悪くなさそうだった。

これは調子に乗ってもいい場面なんだろうか。でも、それを態度に出した途端に、また御先様の機嫌が悪くなりそうだからやめた。

代わりにあたしが選んだのは、全然別の言葉だった。

「……ありがとうございます。明日になったら、またちゃんとご飯をつくりますから」

「さようか」

「はい」

もう一度お礼を言おうとしたとき。

囁くような歌声が耳に滑り込んできたのに、驚いた。御先様がまっ白な睫毛を伏せながら歌を歌っている。言葉は古くて、弱ってしまっているあたしには聞き取ることはできなかったけれど、どうも子守歌のようだ。

そっかあ……。

流れてくる歌に身を任せながら、あたしはうつらうつらと眠りに落ちる。

この人とはじめて出会ったのは、神隠しされたあとではなかった。あたしがまだランドセルを背負って学校に通っていた頃だ。人間の何十年前のことだって、神様たちにとっては全部「この間」の話にカウントされてしまっている。

御先様にとって、あたしははじめて会った頃と同じ、「子供」と変わらないんだな……。

そう考えると、少しだけ寂しい気もしたし、切ないような気もした。でも。

子供じゃなかったら、御先様の子守歌を聞く機会だってなかっただろうと思うと、まあいいか。囁くような歌声がすこしずつ遠のいてきたとき、あたしはスコンと眠りに落ちていた。

＊＊＊＊

次の日、お腹のぐぅー。という音と一緒にふっと目が覚めた。

昨日はぐったりと鉛のように重くなってしまっていた体が、今は軽い。あたしは腕をぶんぶんと振り回してから、ようやく服を着替えた。兄ちゃんが残してくれていた甘酒をぐいっと飲み干してから、小屋を出る。外はまだ暗く、朝靄すらまだ出ていない。

勝手場に行くと、かまどの下で眠っていた花火が、パチンと目を開けて起きた。

「……んっ、りん？　いきなりたおれてしんぱいしたんだぞ。もうだいじょうぶか？」

「ああ、おはよう。ごめんね、昨日は。もうあたしは大丈夫だよ」

「おーう」

花火が心配そうにかまどの下でピョンピョン飛んでいるのに笑いながら、あたしは米を洗うと、釜に入れ水に浸しておく。そして、藁を敷き詰めた桶を持って氷室へと向かうことにした。

氷室に行くには途中で畑を抜ける。ふと見ると鍬神たちが夜明け前から野菜の収穫をしている。そのうちのひとりがこっちまでとことことやってきた。ころんだ。小人のように小さくて、最初に会ったときに転んでいたから、ころん。あたしがつけた名前だ。

あたしがしゃがみ込むと、ころんはにこにことこちらを見上げてくる。

「きのうたおれたってきいた。だいじょうぶ？」

「あぁ、ころんにまで伝わってたんだねえ、一日休ませてもらって元気になったから大丈夫。あ、そうだ。欲しい野菜あるんだ。あたしが他のものを取りに行っている間に勝手場に置いておいてくれる？」

「まかないくださいっ」

「うん、もちろん」

あたしはしそとトマト、みょうがとおくらを頼むと、ころんはこっくりと頷いて畑のほうへと戻っていった。これで野菜は大丈夫。安心して氷室へと向かう。

氷室は相変わらず涼しい。奥には、氷室姐さんがいる。

「氷室姐さん！　昨日は本当にありがとうございました！」

あたしが声をかけると、氷室姐さんは「あらまあ」と言いながら目をぱちくりとさせた。

「りん、あんたもう、ねっちゅうしょうは大丈夫なのかい？」

「おかげさまで。一日休んだらもう元気になりましたっ！　ここに置かせてもらってた魚と氷もらいに来たんですけど……御先様の朝餉のあと、氷室姐さんにも賄いとお酒持ってきますね」

「おやおや。もう大丈夫ならそれに越したことはないけどねえ。でも無理しちゃ駄目だよ」

「わかってますってば！」

今日使う魚はすずき。前に海神様の神域でもらってきたものを、氷室で預かってもらっていたのだ。あと藁を敷き詰めた桶に氷をたっぷりもらってから、あたしは頭を下げて氷室を出てもと来た道を急いで戻った。

勝手場に戻ると、米を浸しておいた釜をかまどに置き、花火に「そろそろ火をちょうだい」と言って米を炊きはじめる。

夏場の勝手場は暑くって思っている以上に汗をかく。

あんまり好きじゃないけど、兄ちゃんから甘酒もらっておこう。もう迷惑はかけられない。あたしは水を一杯飲んでから、さっさと朝餉のおかずの準備をはじめた。

ころんに頼んでいた野菜が届いていたので、それらを水洗いする。おくらはさっとお湯で茹で、トマトとみょうがはざくざくと切る。醤油、みりんで味付けした出汁の中にそれぞれを落とすと、氷室姐さんからもらった氷で器ごと冷やして、盛り付ける直前まで置いておく。

みょうがはすこし残しておいて、細切りにする。鍋に出汁を沸かし、豆腐と細切りにしたみょうがを投下する。あとは味噌を溶けば味噌汁の完成だ。

この時期に味噌汁は少々暑いかもしれないけれど、冷やし鉢だけだと返って体によくないし、塩分は大切だ。それに、温かいものも献立にあったほうがいい。みょうがはさっぱりした香りがするから、暑くても案外飲めるのだ。

ご飯が炊けたようなので、花火に火を止めてもらい、蒸らしに入る。

最後にすずきを捌いて、骨を取り、ひと口大の大きさに切ってから、しそを巻き付け、薄く衣をつけておく。味噌汁の鍋をどけて、今度は小鍋をかまどにセットし、油を注ぐ。そこにすずきを入れて揚げはじめる。これに昨日つくっておいた梅ジャムと味噌を混ぜてつくった梅味噌を添える。

小鉢に冷やした野菜を、お椀に味噌汁を、平皿にすずきのしそ巻き揚げを、そしてお椀にご飯を盛りつけ、膳に並べていった。

白ご飯、すずきのしそ巻き揚げ、トマトとみょうがとおくらの冷やし鉢、豆腐とみょうがの味噌汁。

膳を持って運んでいくときに、兄ちゃんと出くわした。兄ちゃんは「おっ」と口を開く。

「よう、もう大丈夫か？」

「兄ちゃん、昨日は甘酒ありがとうね。おかげで元気になったよ」

「ん、そっかそっか。でもあんまり心配かけんなよー。まあ俺が言わなくっても、あっちこっちから言われてんだろうけどなあ」

「あはははは……」

兄ちゃんからの指摘がそのとおりだったことに思わず笑っていたところで、広間の襖が見えてきた。いつものように声をかけてから中に入り、御先様に頭を下げて、膳の準備をする。兄ちゃんが冷酒を出している間、御先様はあたしの膳を眺めている。

「……ずいぶんとつくったな」

そうぽつりと言われ、あたしは思わず目を細めて笑った。

「はい、お休みをいただきましたら、元気になりましたので。本当にありがとうございます。どうぞ召し上がってください」

「……ふん」

昨日お見舞いに来てくれたお礼は、どのタイミングで言えばいいのかはわからなかった。別に普通に言ってもいいけれど、兄ちゃんの前で言ってしまうのも情緒がないような気がしたし。

御先様も昨日の件についてはちっとも触れることなく、冷酒で口を湿らせつつ、膳に載ったものを食べていった。

今日もご飯ひと粒残すことなく綺麗に完食してくれた。

「……悪くなかった」

「ありがとうございます」

あたしは兄ちゃんと一緒に手をつき頭を下げたあと、御先様が脇息にもたれかかりつつ、じっとこちらを見ていることに気付いた。

……いつもだったら、もうそろそろ「下がれ」と言われそうなのに、何故。

不思議に思っていたところで、ようやく御先様は口を開いた。

「もう倒れるでないぞ。またせいぜい励め」

想像もしていなかった言葉にあたしは目を大きく見開いたあと、もう一度しっかり手をついた。

「……わかりました。ありがとうございます」

昨日のことは本当に嬉しいことだったけれど。でもこのことは誰かに触れ回りたいものじゃなかったから、そのままあたしの胸の中にしまい込むことにした。

勝手場に戻ると、皆に賄いを振る舞う。

賄いはご飯をおにぎりにしてから、梅味噌を塗って焼いた、焼きおにぎりだ。花火にあげると舌をべろーんと伸ばして食べ、火の粉をぽっぽと撒き散らして嬉しそうにしていた。ころんにはお猪口に味噌汁を注いであげる。それを受け取ると目をキラキラとさせながら飲みはじめた。あたしと兄ちゃんは焼きおにぎりを食べつつ味噌汁をすする。

「あたしひとり倒れただけで、まさかここまで大騒ぎされることになるとは思わなかったんだけどなあ」

「まあ、そりゃ仕方ないんじゃねえの?」

兄ちゃんは焼きおにぎりをはむりと頬張りながら、味噌汁をすする。

「神様って、現世の影響で具合は悪くなることはあっても、病気になって倒れるようなことはねえからびっくりしたんだろう」

「そういえば……熱中症のことも氷室姐さん、あんまり知らなそうだった」

舌を噛みそうな発音をしているなあとは思ったけど、そもそも知らないんだろう。

「まあ、神様のほうが人間よりもよっぽど丈夫だってことだな」

「それ、御先様には言われたくないんですけどー」

思わずぼやきながら味噌汁をすすると、兄ちゃんはキョトンとした顔をした。

「なんだ、お前、御先様になんか言われたのか？」

思わずギクリとして、お椀から少しだけ味噌汁を跳ねさせる。兄ちゃんはわからないという顔で、焼きおにぎりを頬張っている。

「ほら、御先様もう倒れるなって言ってたじゃない……」

「ちゃんとしてればそうそう倒れないって。御先様はりんに甘いところあるよなあ」

普段は鈍感なのに、なんでときどき鋭いんだ、この人は……っ。あたしは明後日のほうを見ながら、動揺をごまかすようにして焼きおにぎりを頬張った。

「……そんなことないよ、本当に」

「ふうん」

まだ気になっていることはあるみたいだけれど、一応兄ちゃんはそれ以上追及するのをやめてくれて、あたしはほっとする。

神様は、よっぽどのことがない限りは病気にはならないようだ。神様の調子が悪くなるのは、自分が祀られている現世にある神社に人が来なくなり、同時にお供えものも途絶えたときだ。

あたしがはじめてここに来たとき、御先様はそんな状態だった。お腹を空かせて機嫌も悪く、神格も落ちて消えかけていた。烏丸さんはそれをなんとかしようとして、普通の人間のあたしをさらってきて、ここの料理番にした。あたしの前にも何人も料理番として神隠しされた人たちがいる。それは現世でも神域でも【よっぽどのこと】だったんだろう。

それにしても……この【よっぽどのこと】って、神様たちの間ではどんな扱いなんだろう？　前に氷室姐さんが御先様は他の神様にいじめられて卑屈になったって言っていたような気がするけれど。それは人間を料理番にしていることにも関係してるのかな。

どっかで一度氷室姐さんに聞いておいたほうがいいのかな。あたしはそう思いながら、焼きおにぎりを食べ終えた。

第二章

井戸水を汲んで、米を洗う。井戸水自体はぬるいけれど、濡れた手を釜から出した途端に、風で冷やされるような感覚が襲う。

ついこの間まで暑かったのに、もう冬が近付いているようだ。庭にある木々も紅葉までもう少しといったところだ。

あたしの手帳では十一月中旬。神域は旧暦で動いているから、十月に入るか入らないかといったところだろう。

「うう……さぶさぶさぶっ……っ」

あたしはぶるっと身を震わせながら、手拭いで手を拭った。途端に手がピリッとするのに、思わず目を細める。人差し指の付け根がぱっくりと割れてしまったのだ。

このところ季節が変わったせいなのか、手が乾燥して仕方がない。

ちょっとだけブルーな気分になってお米の仕込みだけを済ませると、兄ちゃんと一緒にお酒の入った小さな樽を持って、海神様のいる神域へと出かけることにした。そろそろ出汁をとる昆布とかつお節がなくなりそうだから、兄ちゃんのつくったお酒を対価にもらいに行くのだ。

兄ちゃんは「ふわぁ……」とあくびをしつつ、樽をおいしょと抱えている。

「でもさ、今日は海神様忙しいかもしれねえなあ」

「忙しいって……現世でなんかあるの？」

神様が忙しいのは自分が祀られた現世の神社が忙しいときだ。でも、神社の忙しいときなんて、初詣と七五三くらいしか思いつかない。海神様の神社は頻繁にお祭りをしていたとは思うけれど、今もお祭りなのかな。たくさん人が来て願いを叶えるのに忙しいとか。

あたしが首を捻っていると、兄ちゃんが「ちがうちがう」と首を振った。

「もうすぐ神在月だからさ、出雲に行く準備してると思うんだよなあ、海神様」

「え、神在月って……十月の神様のお祭り……だったっけ？」

「そうそう」

神域にいると、ときどき神在月とか出雲とかいう言葉はよく出てくるけれど、今日も御先様の神域は通常運転で、なにかを準備している様子はないように思う。前に烏丸さんは、神在月では全国の神様たちが集って宴をするって言っていた。あたしはそれを聞いて御先様はそういうの苦手そうだなって思ったんだ。

あたしがわからないという顔をしているのを見て、兄ちゃんが「あー……」と頭を引っ搔く。

「海神様は宴の手配をしないと駄目だからさ、あの人あれで偉い神様なんだってさ」

「そうだったんだ……」

比較的フレンドリーだから、そんなにすごい神様だとは思ってもいなかった。

だんだん海の匂いが近付いてきたと思ったら、寄せては返す波の音と一緒に「ぶもぉー」という動物の鳴き声が聞こえるようになったのに、あたしの目が点になる。

よくよく見ると海神様が住む社の前には、たくさん牛が並んでいた。

黒くつやつやした毛並みの牛は、後ろに荷車を繋ぎ、ときおり鳴いている。テレビでしか見たことがない、牛車というやつだ。

簾が巻き上げられた荷車にせっせと荷物を積むのは、海神様の社の管理をしている海鳥たち。海神様の社ではこの海鳥以外に付喪神を見たことがない。積んでいるのは昆布にわかめに、たくさんの魚介類。

「あ……もしかして今、取り込み中なのかな？」

「んー、こんなに早いなんて思ってなかったんだけどな」

あたしと兄ちゃんが顔を見合わせていたら、牛車の向こうから、見慣れた黒い艶やか髪を揺らす上品な笑顔の女性が顔を覗かせた。長い白い着物がふわりと揺れる。海神様だ。

「おお、すまなかったな。出雲からいつもより早く招集がかかってな。荷造りをしているところだったのだ」

「あの、出雲に行くってことは、神在月の宴……ですか？」

「うむ。神もいろいろあってな、宴に呼ばれれば参加せねばならぬよ。ひと月ばかり留守にせねばならぬ」

海神様はあたしが欲しいものを聞くと、素早く海鳥たちに頼んで取ってこさせ、兄ちゃんのお酒を受け取った。そして申し訳なさそうに頭を下げた。

「すまぬな」

「いえ、ありがとうございます」

昆布とかつお節をどっさりとざるいっぱいにくれた。これだけあれば一ヵ月は持つとは思う。

あたしたちはひとまず、海神様の社から退散することにした。

そういえば、御先様は行くのかな？　そもそもあたし、この時期に神域にいたことがないから、毎年御先様が参加しているのかも知らないんだよな。

＊＊＊＊

畑から採ってきたしいたけ、ぶなしめじを布巾で拭き、ご飯と一緒に醤油と酒を加えた出汁で炊き込む。

前につくっておいたはたはたの一夜干しを取り出し、山椒と醤油、みりんを混ぜたものを塗って山椒焼きにすることにした。

銀杏を殻を剝いてさっと揚げ、それに塩をかけてシンプルに。

次はかぶ。皮を剝き、それを薄揚げと一緒に出汁と醤油で煮て、汁物の代わりに煮浸しにすることにした。彩りとして、かぶの葉をさっと煮て添える。

口直しで、夏の間につくっていた梅干しも種を取って一緒に添えておく。

きのこご飯、はたはたの山椒焼き、銀杏の素揚げ、梅干し、かぶの煮浸し。

それらを皿や器に盛って、膳に載せる。そのとき、ふと窓から畑のほうに視線をやると、

「あれ」とあたしは首を捻った。普段だったらこの時間帯はたくさんの鍬神が畑仕事に精を出している時間なのに今日は、誰もいないのだ。

あたしは花火のほうに視線を移す。

「ねえ、今朝は畑に付喪神がいなくない?」

そう聞くと、花火はさも当然のように答えてくれた。

「そりゃそうだろ。みぃーんなうたげにいくためにじゅんびしてるんだからさ」

「あ、そっか……付喪神は神在月の宴に参加する許可をもらうために、ここで御先様の面倒見たり畑仕事したりしてたんだっけね?」

「そうだぞぉ。おれもいきたいいきたいいきたーい」

かまどでジタバタジタバタしてる花火は可哀想だけど、あたしにはどうもしてあげることもできない。駄々をこねる花火を尻目に、あたしはできた朝餉の膳を運んでいくことにした。

「おーい、りん」

「あれ、兄ちゃん。なあに?」

御先様の広間までの途中、廊下で鉢合った兄ちゃんはいつものように酒を持ってこちら

に寄って来たけれど、いつもよりも緊張しているように見える。

あれ、いっつもここまで緊張してないと思うけど。あたしと違って、兄ちゃんは堅実に御先様を満足させるお酒をつくってたと思うんだけどな。あたしが首を捻ってると、緊張した顔をして兄ちゃんはあたしの隣に並んで歩き出す。

「兄ちゃんどうしたの、緊張して」

「そりゃ緊張すんだろ。これ、出雲に持って行く新酒なんだから」

「え、兄ちゃんも行くの？」

兄ちゃんは眉を寄せて肩をすくめる。

「まあな、神酒（みき）の奉納で出ることになってるんだ」

「はあ……大変だねえ」

「ばっか」

兄ちゃんは手さえ塞がっていなかったら、あたしにデコピンのひとつでもしたい様子だった。兄ちゃんのその態度にあたしはわからないって顔で唇を尖らせていると、兄ちゃんはきっぱりと言う。

「料理番のお前が行かなくってどうすんだよ。神様の宴の料理番、お前もじゃん」

「は？　……はあ？」

なに。

烏丸さんからもそんなこと、あたしゃ聞いてはいませんよ？

あたしが口をぱくぱくさせていると、兄ちゃんは溜息をつきながら教えてくれた。

「杜氏は最低一種類は新酒を持って行って奉納しないと駄目だし、料理番は宴用に食事をつくらないといけないんだ。小さい神様とか人間みたいな神様とか、なんかもう訳わかんねえ神様がいっぱいいいて、てんやわんやなんだ。とにかくひと月俺らは地獄を見るわけだよ」

「そ、そんなに……いっぱい神様がいるの……？」

「そりゃいるだろ。日本は八百万（やおよろず）の神がいる国なんだから」

「聞いてないんすけど！　というか烏丸さんからなにも説明受けてないんですが！」

あたしは膳に載った料理がこぼれないようにしながら、兄ちゃんに全力で抗議する。

「……だって、烏丸さんは御先様が留守の間、この辺りの神域を守らないといけないし。なんていうんだっけか……留守番なんだ。あの人はここに残らないと駄目なんだよ。だから神在月のことは詳しく知らないはずなんだ」

「お疲れ様です！」

ここにはいない烏丸さんにそう言ってから、あたしはだんだん心配になってきた。

……御先様、無茶苦茶機嫌悪くなってないかな。機嫌悪いときの御先様の様子を思い出して、あたしは自然と身を震わせた。

あたしが気を揉んでいる間に、広間の前に辿り着く。ふたりで廊下に正座し「失礼します」と声をかけようとして、兄ちゃんが「待てっ！」とあたしの肩を掴んできた。

「……なによ」

「御先様、無茶苦茶機嫌が悪いな」

「やっぱり、神在月のせい？」

「多分なあ……あの人、本当に出雲に行くの嫌がってるから」

子供か。駄々っ子か。

そう思うものの、話を聞いていたら御先様だけが悪いわけでもなさそうだ。

うーん……。

襖に視線を移して、兄ちゃんがどうして声をかけないのか、ようやくわかった。

ぴっちりと閉まっているはずの襖から、なにかが漏れているのだ。どす黒い「なにか」。

廊下でせかせか神在月に出かける用意をしていたらしい付喪神は、その禍々しい「なにか」を見た途端、「ぴゃあっ⁉」と言って逃げてしまった。多分これは、花火やくーちゃんが見ても逃げちゃうような気がする。

この禍々しいオーラを全身で感じて、自然と鳥肌が立つ。最近の御先様は機嫌がよかったから、忘れかけていた。御先様は機嫌が悪いと文字どおり雷を落とすような人だった。

どうしよう。あたしは兄ちゃんと顔を見合わせる。

「……あの人、無茶苦茶機嫌悪いと雷落として、肌とかビリビリに切れたりするから。今日は俺が膳を持って行く」

「いっ、いやっ、あたしが料理番なんだし、あたしが持って行かないとまずくないか

「そりゃそうだけどっ……！」

兄ちゃんの様子からうかがうに、相当すごいらしい。

「どれくらい？」

「しばらく療養するレベル」

それ、いったいどれだけの怪我なの。あたしはおろおろしつつも、意を決した。

「御先様、食事をお持ちしました」

いつものように声をかけてみるものの、返事がない。

仕方がない。あたしは息を吸ってから、襖に手を伸ばした。触れた途端に静電気の何十倍もの電気が、あたしの体を走っていた。が、我慢……。我慢するの……。あたしは歯が電気のせいでガタガタ揺れるのをこらえながら、どうにか声を上げる。

「し、つれいします……！　しょ、くじを……おも……ち、しまし……た！」

電気で歯がガチガチ鳴る上、呂律が回ってなくってまともにしゃべれない。それでもどうにかスパンッと音を立てて襖を開くと、広間に心底不愉快そうに寝転がっている御先様が目に飛び込んできた。

駄々っ子か。

二度目のつっこみが頭の中で炸裂するけれど、その駄々っ子がこれだけ呂律が回らなくなるくらいの電気みたいなオーラを出し続けている。早く止めてもらわないと、こっちの身が持たない。

なんとか、体を無理やり動かして、ずるずるとお膳を運んでいく。兄ちゃんもまた、顔を強張らせて、というよりもオーラをもろに浴びてぐっちゃんぐっちゃんと体を揺らしつつもお酒を運んでいく。

御先様の前まで来て、どうにか兄ちゃんは樽から銚子でお酒をすくおうとするけれど、オーラのせいでぶるぶると手が震えて、うまく酒を入れることができないでいる。途端にお酒の滴が、不貞腐れて横になっている御先様にぴちゃっと。ひと滴だけなんだけれどもぴちゃっと飛んでしまった。

途端に兄ちゃんは顔を引きつらせた。禍々しいオーラは、まっ黒だ。暗くて痛くて、ビリビリとする強力な気だ。

「……なんだ、そちは我に不満があると申すか」

御先様が珍しく、口角をきゅっと持ち上げた。途端にこの電気みたいなオーラが強くなるのがわかる。……こんなのずっと浴びてたら体に悪いし、なにより。

このお酒は新酒で、神在月に持っていくものだって兄ちゃんが言ってた。兄ちゃんが丹精込めてつくったお酒がこのまま飲んでもらえないのはもったいない。

オーラのせいで全然声帯が仕事をしてくれないけれど、なんとか仕事をさせないといけない。あたしは思いっきり口を開けた。

「ふ……ふまんなんてぇ……ありまふぇん!!　よいしんしゅを……まっさきにぃあじわっ

て……ほすぃかったのです!!」

「ほう、料理番が杜氏の意見を取り次ぐか」

「しょ、しょんなきはぜんぜんなくって……!!」

御先様の笑顔が怖い。もうなんなの、美形って笑っていても怒っていても迫力があるってなんなの。

だんだん体が焦げ臭い匂いがしてきてもおかしくないような気がしてきた。御先様の鬱憤の矛先が、あたしに向いているのを見計らって、兄ちゃんが咄嗟に膳からひとつ器を取る。

って、それあたしが漬けてた梅干し!?　兄ちゃんはその器に新酒を注いだ。

「ちょ、にいちゃ……!?」

「大変、申し訳ありませんでした!!」

あたしが必死に口を開けようとする中、兄ちゃんは声を大きく張り上げて土下座をした。

それを見て御先様は笑みを拭い去り、興味ありげに寝転がった体を起こした。一瞬、オーラが弱くなる。兄ちゃんは畳に額を擦りつけて、大きく声を上げる。

「この新酒は大変香りが強く、早く御先様に楽しんでもらいたいと思っていました！　どうぞご堪能ください」

必死にそう言う兄ちゃんを見て、あたしも思わず土下座をした。

あたしたちふたりがしばらくひたすら畳に額を擦りつけていると、あのビリビリと体に痛みを伴う電気みたいなオーラがふいに消えた。えっ……？　顔を上げようとするけれど、兄ちゃんは小さく短く「まだ顔を上げるな」とだけ言った。

普段よく耳にしている、酒をすすっているかすかな音がしている。その中で強く存在感を放っている酒の匂い。

「……ふむ、美味いな」

あたしはほっとひと息吐いた。久々に、聞けた。この言葉を聞くために、なんとか頑張ってきたんだし。御先様の機嫌が治ったんならそれでいい。

しばらく淡々と音が鳴るのを聞いていたところで、「顔を上げよ」と言う声が聞こえ、ようやくあたしと兄ちゃんは顔を上げることができた。御先様の口元は、先程のぞっとするような笑みは消えていて、満足げに緩んでいるのが見て取れた。

膳に視線を移せば、器は全て綺麗に空になっていた。そのことに、あたしは心底ほっとする。あのお酒をかけられた梅干しも、綺麗に食べられていた。

御先様の、眉間から皺が消えることはなかったけど、幾分か機嫌がよくなっていた。

「せいぜい励め」

「……ありがとうございます」

あたしと兄ちゃんは頭を下げて広間から退出した途端、ふたり揃って廊下にへたり込んでしまった。あたしなんて上半身すら起こす気力がなくって、廊下にだらしなく倒れた。兄ちゃんは「うへー」と声を上げながら、しんどそうに天井を仰いでいた。

「毎年、料理番はこんなやり取りしてるの？」

「ああ……大体こんな感じ」

体がいくつあっても足りないよね、毎年だなんて。

ひと息ついてようやく体を起こす。体中に電気が回ってしまっているせいか、なかなか自分で体を動かしている感覚が戻ってこない。

そんな中、あたしたちふたりの上に影が落ちた。久々に見たような気がする烏丸さんだった。

「よっ、お前さんたちずいぶんやられたみたいだなあ。ピリピリしてたろう？　御先様」

烏丸さんは心なしか、ずいぶんとやつれているように見えた。

神在月に向けて烏丸さんも忙しかったのかもしれない。

あたしはどうにか立ち上がって空になった器が並ぶ膳を持ち上げる。

勝手場に戻る頃には体も自由に動くようになっていた。

今日の賄いは、きのこご飯をおにぎりにしたものとはたはたの山椒焼きだ。皆で手を合わせてからガツガツと食べ出す。心労でへとへとになってしまっていた身には、きのこご飯の甘さがいつも以上においしく感じた。

「あ、そういえば、烏丸さん。あたし聞いてないんですけど。あたしも出雲に行かなきゃいけないって！」

「んー？　言ってなかったか？」

烏丸さんには一応抗議しておく。

「そうですよー。今朝兄ちゃんから教えてもらってはじめて知ったんです！　なにすればいいのか全然知らないんですからね！」

「あー……すまんすまん。このところ忙しくってお前さんに言うのを忘れていたなあ……。こじかから聞いているかもしれんが、お前さんには神在月の宴で、神々に出す料理をつくる役目を任せたい。……なにぶん大きな宴だからな。出雲のほうもあちこちから手を回して料理番を集めているんだよ」

そう言う疲れた顔の烏丸さんを見たら、こちらも怒るに怒れない。

それに、神在月の宴の料理っていうのに興味があるのも確かだ。烏丸さんの言い方から察するに、はじめて神域で他の料理番に会えるかもしれない。

「まあ、いいですけどね。それよりも烏丸さん。あたしがひと月留守にしているからって、前みたいに神社で腹減って倒れてた、なんてことになっちゃ駄目ですよ？　野菜の漬け物とかはつくって置いておきますけど、ご飯炊いたりとかはできます？」

「あー……なんとかなる、だろ」

明後日の方向を向いている烏丸さんに、あたしは思わず兄ちゃんと顔を見合わせる。兄ちゃんは烏丸さんを見つつ、おにぎりを頬張って笑う。

烏丸さんとの出会いは、現世の豊岡神社でお腹を空かせて倒れているのを発見した縁だった。あたしはそんな烏丸さんに持っていた手づくりケーキをあげたのだ。それがきっかけで神隠しに遭ってこの神域に連れてこられたのだけれど。

「烏丸さん、いっつも出雲から帰って来たら腹減らして倒れてるんだよな。ここにはインスタント麺とかレトルト食品とかないし」

兄ちゃんが苦笑する。

「あー……」

あたしはとりあえず烏丸さんにご飯の炊き方だけは教えておこうと決めた。花火には先にいっぱい賄いをあげておいて、烏丸さんの食事は確保しよう。

＊＊＊＊

片付けが済んだあと、あたしは保存食をつくることにした。

烏丸さんは今のままだと、ただ温めるだけ、ただ焼くだけっていうのもできないんだろう。出雲に行くまでの間に教えておかないとなあ。さすがに調味料を混ぜて炒める、煮込む、とかは手順が多くて難しいだろうから、手順が最低限のところまで用意しておかないといけない。なかなか大変だ。

鮭は酒粕と味噌を混ぜた味噌床に漬けておく。焼くときは味噌を拭いてねって教えても、多分面倒臭くってやってくれないだろうから、和紙にくるんで味噌床に漬けることにした。これだったら和紙を剥ぐときに余分な味噌は取れるし、そのまま焼いても焦げ過ぎることはない。

同じように味噌床に和紙に包んだ魚を何尾か仕込んでおく。それと床下に干物を少し。これでしばらくは保つとは思うんだけど。

山椒も醬油に漬けておくことにした。梅干しや漬け物も置いておくから、そこから適当にご飯のお供を取ってほしいと教えておこう。

あたしはいくつか並んでいる味噌床の壺に和紙を貼って、そこに入っているものや食べ方のメモを書いて、あとでわかりやすいようにしておく。

それにしても。作業をしながら、あたしはさっきの御先様の様子を思い返した。

神在月の宴の前は御先様の機嫌が悪くなるっていうの。あれってどうにかならないんだろうか。あそこまで嫌がるんだったら、わざわざ行かなくってもいいと思うけれど。そんなわけにはいかないのかな。

「うーん……」

あたしは壺のメモを書き終えてから、前につくった梅ジャムを取り出す。

次に床下から寒天を探してきて、花火に声をかける。

「花火ー、ちょっと火が欲しいんだけど」

「んぁー？　どうした、りん。さっきからかんがえごとか？　ずーっとうなったりしてるけど？」

「そうだねえ」

小鍋に水を張り、火にかける。それに寒天をちぎりながら少しずつ加えて溶かしていく。溶けたところで、梅ジャムを加えて、ぐるッと混ぜる。梅の甘酸っぱい匂いで自然に口の中に唾液が湧いてくる。

よく混ざった寒天と梅ジャムを器に入れ、氷を張った桶の中に入れて、冷まして固める。

「それもからすまのか？」

「御先様」

「え－……」

「なあに、その反応？」

あたしが笑うと、花火は口をもごもごさせつつ、寄せた目をさらに寄せる。

「みさきさま、いますっごくきげんわるいぞ。だいじょうぶかい？」

「そうだねえ」

正直、あたしは押しつけがましい性格だという自覚がある。御先様の気持ちに寄り添えているっていう自信はないけれど。でもさ。

「神在月の宴がなんでそんなに嫌なのかわかんないけれど、話してみないとわかんないから、聞いてくる」

頼れる烏丸さんは留守番で一緒に行けないし、付き合いの長い氷室姐さんも宴に行くのかどうかわかんないけれど、あたしと兄ちゃんは味方でいるって伝えてもいいんじゃないかなと思ったんだ。

固まったら梅寒天の出来上がり。ひと口サイズに切って小皿に載せ、楊枝を添える。できた寒天を、花火に少しあげると、花火はそれをもぐもぐしつつ、目を細めるとぽっぽと火の粉を散らす。

「なんだこれーうまいぞー」

あたしは花火に太鼓判を押してもらった梅寒天を持って、御先様の元へと向かう。

広間に向かう途中いつもすれ違う付喪神たちにはちっともすれ違わない。出雲の出発準備で忙しいのか、それとも脅えているのか。静かな廊下を歩いて、広間の襖をじっと見る。

朝餉を出す際に見た、暗雲もビリビリとした雷も感じられないけれど、まだ不機嫌なんだろうなと思うと、自然と溜息がこぼれる。

「御先様、りんです。入ってもよろしいですか？」

廊下に正座して襖越しに声をかけるけれど、返事がない。

御先様、不貞寝してしまっているのかな？　あたしは「開けますよ」ともうひと声かけてから、そろりと襖に手をかけた。朝に受けたビリビリとした感触はなかった。

「失礼します」

「……なんの用だ」

御先様は脇息にもたれかかって、ぼんやりと天井を仰いでいた。

疲れているのか、心底機嫌が悪いのか、わからない。あたしは梅寒天を載せた小皿を見せながら、できる限り笑みをつくる。

「甘味でも食べませんか、とお誘いに来ました」

「……そちは、なにかあったらすぐ甘味を出すのだな」

「考え事するのには、甘いものがあったほうがいいと思いますので」

ああ、あたしが甘いものを出すこと、ちゃんと覚えてくれていた。そのことに少し浮かれつつ、御先様の面前まで行き梅寒天を差し出した。あたしの出した琥珀色のそれを、御先様はじっと目を細めて見つめる。

「それは？」

「梅寒天です。夏に梅でジャム……ええっと甘露煮をつくりましたので、それを使いました」

しばらく見たあと、御先様は梅寒天に楊枝を刺し口にする。今朝の梅の入った酒を残さず飲んでいたのだから、梅が御先様の口に合わないということはないだろう。

御先様はふた切れめも口に運ぶ。その姿にあたしはほっとして、言葉を切り出す。

「御先様、やっぱり神在月の宴、行きたくはありませんか？」

「……烏丸に説得しろとでも言われたか？」

「いえ、烏丸さんからは、なにも言われていません。ただ、行きたくないんだったら、行かないという選択肢はないのかなと思いました」

「……ふん。出雲に出向かないというのは難しいだろうな」

そう言いながら、また御先様はぷすりと梅寒天に楊枝を刺した。それを見ながらあたしは言葉の続きを待つ。

　御先様はゆっくりと咀嚼しながら、再び口を開いた。

「……ここを預かるには面子が必要だからな。我の意思は関係ない」

「んー……嫌なものは嫌じゃ、駄目なんですね。うーんと」

　わかってないなりに、ちゃんと言わないと。あたしはなんとか言葉を絞り出してみる。

「あたしは、出雲に行くのははじめてなんです。現世にいるときも、島根にも出雲にも、縁がなくって行ったことありません」

　虚を衝かれたように目を見開く御先様に、あたしは馬鹿みたいに笑った。

「そんな料理番が無茶なことをしないよう、御先様の面子を守るためにも見張ってて欲しいです。そのために今回は出雲に行きましょう。それじゃ駄目ですか？」

　その言葉に御先様はなんとも言えない顔になってしまった。それはまるで、子供を慈しむような困ったような顔だ。

「……所詮は、まだ童か」

　相変わらず子供扱いされてしまったけれど、まあいっか。御先様の気持ちが少しでも楽になるんだったら、それでいいや。あたしは御先様が梅寒天を食べ終えたのを見届けてから、広間をあとにした。

　廊下から庭を眺めてみるも、まだ紅葉の色は淡い。

＊＊＊＊

それから数日後。いよいよ出雲へ出発する日だ。

この神域は盆と正月が一緒に来たような状態になってしまっていた。

畑にいる鍬神たちをようやく見つけたと思ったら、氷室姐さんのいる氷室から野菜や生ものなどの食材を、せっせと運び出す準備をしていた。

氷室姐さんはころんを含めた鍬神たちを指揮して、どこから調達したのか牛車にその食べ物を載せている。兄ちゃんもくーちゃんと一緒に神在月の分の樽酒を牛車に運んでいた。

みんな神在月の宴へ行くのにせかせか働いているのだ。

こんなごちゃごちゃしている神域で、あたしは花火に手を合わせていた。

「お願いっ!!　神在月の間あたしいないけど、その間烏丸さんのご飯の面倒を頼みたいんだけど!」

「えー……」

「えーって!　そんな殺生な!?」

烏丸さんの食事のことを、あたしは花火に必死に頼み込んでいる。保存食の説明と食べ方はなんとか烏丸さんに教えたけど、火を使うものは花火がいないとどうにもならない。

それなのに花火はちっとも首を縦には振ってくれなかった。

花火はぷくーっと頬を膨らませると、ぱちんと火の粉を飛ばした。

「だって、そうなったらりんのごはんがたべられないじゃないか。おれもつれてけ！　それに、からすまはすぐどっかいっちゃうし」

「だから！　ひと月分の賄いつくるって約束してるのに！」

「まだひきうけてないから、やくそくしてないんだぞ」

くっそー。全然折れてくれない……。あたしがぐぐぐぐ……と奥歯を嚙んでいると、「あれま、お前さんまだこんなところにいたのか」と呆れた声が背中に投げつけられた。問題の烏丸さんだ。

「烏丸さん！　聞いてくださいよー、花火が意地悪言うんですよー」

「いじわるなんてしてないぞからすま！　りんがいっかげつもごはんくれないって、けちなこというんだから」

「だから言ってないってば」

「いったってば」

あたしと花火がぎゃーぎゃー騒ぎ出したのに、烏丸さんは苦笑を浮かべる。

「火の神は連れて行くといい」

「えっ⁉　でも烏丸さんは⁉　いちから火をつけてかまどの番をするのって、すっごくすっごーく大変なんです」

「そうだぞ、おれをつれてくんだぞ。いずものやつらはけちんぼだから、おれがいなかったらりんがたいへんなことになるんだぞ」

どうしていきなり脅してくるのかな、この子ってば……！　花火の反撃にあたしは喉を唸らせながら、なおも噛みつく。

「でも！　烏丸さん、ただでさえオーバーワークなのに、あたし帰ってくるまでにまた倒れたらどうすんの！」

そのやり取りに、烏丸さんは困ったように顎をさする。

「あー……そうかそうか。んー、困ったなぁ」

だって烏丸さん。ほっといたらご飯食べない、きっと。

ジト目で烏丸さんを見ていたら、烏丸さんの考えがまとまったらしく、いきなりあたしの頭をポンポンと撫でてきた。ってなんで？

「火の神が言ってるとおり、出雲の社の付喪神は、うちよりもちょっと気位が高いから、りんとは合わないかもしれんなあ。かといって他の神域の付喪神にりんの手伝いをさせるわけにもいかんし。だから、せっかく火の神が付いていくって言っているんだから、付いていってもらったほうがいい」

「えー……でも、出雲の付喪神とうちの付喪神って、そんなにちがうんですかぁ……」

「出雲の敷居をまたぐっていうのは、それなりに付加価値が必要なんだよ。鍬神だって食材を運ぶから宴に参加させてもらえる。他の付喪神だって出雲での仕事を任せられるから入れてもらえる。とくに出雲の社の付喪神は厳選されてるからなあ……」

前に烏丸さんから付喪神は別に神域に住まなくっても生きていけるって聞いたときから、

疑問だったんだ。

神様も付喪神もあれか。ステータスってものを気にするってことなのか。

それはさておき。

「けど、烏丸さんどうするんすか。また倒れてたらとか思うとあたしだって出雲で気が気じゃないっすよ？」

ポンポンとされつつもあたしは目を半眼にして睨み付けてやる。

すると烏丸さんは「あー……」とやっぱり苦笑い。やっぱり放っておくとこの人ご飯食べないいんじゃん！　このワーカーホリック！

あたしと烏丸さんのやり取りを見ていたのか、「やれやれ、りんにめんじてであって、からすまのためじゃないからな！」と花火がいきなり頬をぷくーっと膨らませた。

そのままどんどん膨れていったと思ったらパチンッと大きな音を立てて花火は弾けてしまった。

って、なに⁉

「え、ちょ……待って⁉」

あたしは思わず涙目になって、花火がいたかまどを呆然と眺める。花火が座っていたところには、もうなにもいない……破裂して消えちゃったの⁉

「りんー」「りんー」

「ふぁ……？」

　声が何故か二重になってかまどでこだまする。

　悲しんでいるあたしの後ろ、薪の間から出てきたのは、ふたりの花火だった。なに……なんでふたりなの……まさか、分裂……したの？　あたしが唖然としていたら、烏丸さんは苦笑したまんまだった。

「よかったなあ、りん。お前さんよっぽど火の神に懐かれてるみたいだ」

「え？　どういうことですか？」

「火の神の半分は俺のご飯用に残ってくれて、半分はお前さんに付いていくって」

「え？　え？　その……花火、あんたいきなり……びっくりしたじゃない、心配したよお。その……大丈夫？」

「ちからはちょっぴり、よわくなるけど」「げんきなんだぞ」

　ふたりになった花火はにこにこ笑いながら、火の粉をバチバチ飛ばす。元気ならいいんだ、元気なら。あたしは心底ほっとしつつ、「んじゃあ、残ってくれるほうの花火は烏丸さんがご飯食べなさそうだったら、せっついてね」と言う。残る問題は。

「烏丸さん、ご飯は炊けますか？」

「一応はな」

「一応？」

　思わず花火たちを見ると、花火たちはふたりともジト目で「からすま、どろどろののりくわせるんだぞ……」「かゆのほうがまだましなんだぞ」と言ってのける。

あたしは溜息をついた。まさか、ここに来て烏丸さんの料理音痴が露呈するとは思わなかった。

出発までまだ時間はあったはずだ。牛車の準備が終わるまでは邪魔になってしまうから待機状態なのだ。

「じゃあ烏丸さん、ギリギリまでお米の炊き方教えるんで覚えてください」

人に教えるのは苦手だけれど仕方がない。出発の時間ギリギリまで、あたしは烏丸さんにご飯の炊き方教室を開くこととなった。

この人ちゃんと食事できるんだろうかと心配になってきたよ、本当に。

＊＊＊＊

烏丸さんが炊いたご飯を蒸している間、あたしは荷物をまとめることにする。

砂糖、塩、酢、醬油、味噌。料理のさしすせそは最低限必要だけど全部持っていったほうがいいのかな。

味噌はさすがに出雲にもあるとして、醬油があるのかどうかはわかんないなあ。この神域にははじめ醬油がなかったから。とりあえずここでつくった醬油を樽に入れて持っていくことにする。

包丁はあたしが普段使ってるやつを荷物と一緒に。この間烏丸さんともらいに行った包丁も一緒だ。

荷造りの最後に小屋で着替えや割烹着を用意していると、ふと風で手帳のページがめくれたことに気が付いた。あたしはそれを手に取って、思わず「あ」と言う。

あたしの誕生日の九月はとっくの昔に過ぎていたことを、今更になって思い出したのだ。あたしが暮らしていた現世では新暦だけど、ここは旧暦だ。今が旧暦の十月ってことは現世では既に十一月になっているということだ。自分の誕生日をセルフで祝うっていうのも味気ないけれど、祝う暇もなく忘れていたのもなあ……。

思わずがっくりとしつつ、手帳を鞄の奥に突っ込んだ。そろそろ牛車の準備もできるだろうし、勝手場に行って烏丸さんが炊いたご飯の具合を確認してから、花火を回収して牛車に向かおう。

勝手場に戻ると、烏丸さんと花火たちが待っていた。烏丸さんの炊いたご飯を見るとふっくらしていた。これなら問題ない。あたしは花火の半分を薪と一緒にちりとりに乗せる。片手に調味料や調理道具の入った鞄。片手に花火と薪の載ったちりとり。あたしは烏丸さんに摑まって空を飛んで牛車へ向かった。

牛車が近付いてくると、氷室姐さんが手を振っているのが見える。

「それじゃあ、あんたたちで最後だね。さっさと乗っとくれ」

地上に降りたあたしにそう言ってパンパンと手を叩く。氷室姐さんも行くみたい。あたしたちは牛車に乗り込む。振り返るとぽつんと烏丸さんが立っていた。

「それじゃあ烏丸さん、ちょっと行ってきます！」

「気をつけてな。あんまりいじめられないように」

「それはわかりませんって」

「りんがいじめられたらおれがおこるんだぞ」

「ありがとね花火ー」

烏丸さんに手を振ると、巻き上がっていた簾は途端に降りてしまった。

牛車の中は板張りだった。正直乗り心地はあんまりよくなさそう。それにあたしたちが乗り込んだ牛車は奉納用のお酒やら野菜やら漬け物やらが満載だから、正直狭い。狭い中で、あたしは三角座りになる。花火は火が燃え移らないように、ちりとりのまま乗せられそうな台の上に置いておくことにした。

「りーん」という声が聞こえて振り向くと、野菜の中からころんが出てきた。

「ころんも一緒なんだね！」

これなら寂しくない。兄ちゃんとくーちゃんは酒を載せた別の牛車に乗っているようだし、御先様は金銀が施された華やかな乗用の牛車にひとりで乗っているはずだ。

牛車はゆっくりと動きはじめる。しばらくするとふいに振動がなくなった。

「あれ？」

「出雲まで行くんだから、のんびり歩いてちゃ間に合わないよ。空から行くのさ」

飛行機が離陸するときの、あの感じがした。

「え、この牛車飛んでるんですか？」

『竹取物語』の時代から牛車は飛ぶものだろう？　なんなら外を見るかい？」

「え、ええ……？」

ふわんと、簾のひとつが巻き上がった。そこから顔を出してみると。

ちょうど色づきはじめた紅葉の木が遠ざかっていく。御先様の御殿も、普段野菜を採らせてもらっている畑も小さくなっていき、全部模型みたいに見えた。

霞で徐々に見えなくなっていって、代わりに空が淡く水色に見えた。

「そういえば、氷室姐さんは」

「んー、なんだい？」

氷室姐さんはあたしみたいに物珍し気に外を眺めるわけでなく、ただ風で髪をなびかせているだけだった。氷室姐さんは女神だけど、御先様のように神社に祀られているわけではない。社に縛られてないから割と自由な身分らしい。御先様とは長い付き合いのようだけど、ふたりの関係はよく知らない。

「出雲に行ったことあるんですよね？　花火も烏丸さんも、皆して出雲の人たちは意地悪だとか言うんですけど」

そのひと言に、氷室姐さんはちりとりの上の花火を目を半眼にして睨む。

「こーら、烏丸はともかく、あんたまでそんなこと言っちゃ駄目だろ」

「いでっ!?」

氷室姐さんがぴちっとちりとりを指先で弾くと、花火が痛がる。氷室姐さんは暑いのが苦手だからあんまり長い間花火と一緒にいられない。だけど長時間でなければ大丈夫みたい。

あたしの疑問に、氷室姐さんは「そうさねえ……」と溜息をついていた。

「意地悪って言うよりも気位が高いって感じさね。御先様は神格が落ちてるからさ。神っていうもんは、人間が思っている以上に位ってもんを厳守してるのさ」

「えー……でも、御先様の神格って、お祭りをやりましたから、多少は戻っているはずですよね……？」

「うん、それは間違いないさね。あんたが現世に戻って祭りをしたおかげで、たしかにこの一、二年で御先様への信仰は戻ってきたさね。ただね、人間にとって一、二年は長いかもしれないけれど、神の目から見たら、一年や二年なんてたいした時間の長さじゃないのさ。それにさ人間だって帝が一番偉いし、王族が一番偉いもんだろう？」

あたしはあんまりよくわかんないけど……そんなもんなのかなあ。身分とかなんて全然考えたことないけど。

あたしが思わず「むぅー」と唇を尖らせていると、氷室姐さんは笑いながら尖ったあたしの唇を手で鷲摑みした……って冷たっ!?

「まあ、人間にはわかんないかもしれないけど、いろいろあるんだよ、いろいろとね。そうだ、りん。この機会だから言うけどあんまり御先様に入れ込むのは、あたしゃ勧めないねえ」

「えー……なんですか？」

「昔っから、神が人間に懸想（けそう）するとか、人間が神に懸想するとか、そんな話は頻繁に聞くけどねえ。御先様に同情するのは、わからないでもないけどね、それ以上の深入りは、やめたがいいと思うねえ」

「ん？　……ん？」

けそう？　けそうってなによ。

あたしがよくわからないって顔をしているのに、氷室姐さんから話を打ち切ってしまった。

「はいはい、この話はおしまいおしまい。出雲に着いたら忙しくなるんだし、今の内に仮眠しておしまい。あたしも寝るよ」

そう言って氷室姐さんは目を閉じてしまった。

簾を降ろして言われるがままに、あたしも目を閉じようとするけれど、こんな窮屈な体勢では氷室姐さんみたいにすぐに眠ることなんかできない。花火やころんは、とそちらを見ると、ふたりともぐっすり眠ってしまっていた。神様や付喪神ってどこでも眠れるんだな……。

あたしは眠ることもできず体勢も変えられず、ただ縮こまっていた。しばらくもぞもぞしていると簾の隙間から見える景色が変わったのがわかった。

漂う匂いも変わった。緑の匂いが強くて濃い。

この落ち着く匂いが、出雲に着いたっていう証拠なのかな。

簾の隙間から目を細めて見てみれば、あちこちで牛車がゆったりと列をなしているのが見えてきた。あたしたちの乗っている牛車よりも明らかに豪奢なものも見えれば、もっとシンプルなものも見える。おまけに。

空気が、明らかにちがう。

御先様の神域も現世よりも空気が澄んでいるけれど、ここは澄んでいるを通り越して、いるだけで漂白されそうな、謎の圧迫感を醸しだしている。

それに、御先様の神域とは比べ物にならないほど、空気が冷たい。空気が冷たくってヒリヒリ痛い。

あたしが思わず震えていると、目を覚ました氷室姐さんがにやりと笑う。

「この辺りは人間には結構きついかもしんないねえ……」

「ひぃー……こんなん、他の料理番の人たちだって皆きつくないですか？」

「んー？　……烏丸から聞いてなかったかい？」

「はい？」

氷室姐さんの言いたいことがわからず、あたしは思わず花火に視線を落とすと、花火はプンと火の粉を飛ばした。

「にんげんがりょうりばんをやってるところは、すくないんだぞ。さいきんはかみかくし、おおさわぎになるからって、よっぽどのことがないかぎりはしないし」

そうだった。あたしは烏丸さんから神隠しされたときに聞いた話を思い出した。

そもそも神様の食事は基本的に、現世でその神様が祀られている神社に供えられているものが神域にも届くようになっている。御先様の場合は、神社に供え物がされなくなってしまったから食べる物がなく、仕方なく料理番として人間を連れてきてたんだ。信仰が戻った今もあたしが料理番をしているのは、あたしの勝手で、まだまだ御先様に食べて欲しいものがあるからだ。

「……だとしたら、誰がご飯つくってるんですか？　宴のご飯をつくらないといけないんでしょう？」

まさか、あたしだけ……？　神様それぞれが料理番を連れてくるんだよね……？

氷室姐さんは苦笑いしながら答えてくれる。

「地獄の獄卒や地獄に落ちた亡霊さね」

「え、なんて……？」

あたしは思わず聞き直してしまった。

恐ろしい単語ばかりが並んで頭が追い付かない。なんの脈絡もなく、地獄とか、亡霊とか……？

ただ脅えながらハテナマークばっかり飛ばしていたら、氷室姐さんはあっさりと教えてくれた。

「だって、神在月はひと月まるまる宴会なんだから、人間のお供えだけじゃ賄いきれるわけないさね。こういうときだけ、それぞれやってくる神様が地獄に使いを出すのさ。地獄からしてみれば、罪人が罰を受ける時間を神様に奉仕することで減らせるんだから、願ったりかなったりってわけさ。御先様の場合はあんたがいるからねえ」

「なるほど……」

む・む・む・む……。

御先様を見ていて神様って面倒臭いとは思っていたけど、ここまで面倒臭いのか。あたしが今まで会ったことのある神様は少ないけれど、海神様や氷室姐さんは全然面倒臭くない。だから他の神様もそうだと思ってたけど、御先様レベルが標準って気がしてくる。

どうしよう……。

でも。あたしには花火もいるし、兄ちゃんもいるし。まだ、大丈夫。

牛車は渋滞を起こしながらゆるゆると地面へと辿り着いた。

ぶもーっ、という牛の鳴き声のあと、あたしたちは牛車から降りる。ころんはあたしのほうにぺこんと頭を下げると、他の鍬神たちにまじって、せっせと中に積んである食材を運びはじめた。出雲に来ても、やることは変わらないみたい。

ほかの牛車から降りてきた付喪神たちも、どこかの神域の下働きらしくって、せっせと食材を運び出していた。あたしを見ると人間だからか皆びっくりしたみたいだけれど。

氷室姐さんはひらりと着物をたなびかせる。

「それじゃあ、りん。あんたは裏口から入りな。火の神、ちゃんとりんを守っておあげ」

「おうっ！」

「杜氏も酒の奉納が終わったら勝手場に集まるだろうから、そこでこじかと合流しな。それじゃあ、しっかりおやりよ」

「ありがとうございます、氷室姐さん」

あたしがぺこんと頭を下げると、氷室姐さんはくつりと笑ってそのまま入り口のほうへと行ってしまった。

さて……。あたしはぐるっと辺りを見てみる。裏口っていっても、あたしの知ってる神域の神殿よりもかなり豪華なんだけど。木はワックスも塗ってないのに飴色でピカピカ光ってるし、凍える程に冷たい空気はすっきり澄んでるし。

「りん、それじゃあいくぞ、かってば……！」

「あ、うん。案内して」

「おうっ！」

一歩踏み出せば、凍えそうな神域の冷たさも、身を引き締めてくれる気迫のように感じられる。あたしは花火を乗せたちりとりを持って、勝手場へと歩みを進めた。

よその付喪神たちが心配そうにこちらを見上げてくるのは、やっぱり勝手場にいる人たちのことを気にしているからなのかな。あたしだってどんな人たちがいるのか全然検討つかないんだけどね。穏便にやっていけるといいなあ……。

裏口から勝手口に回る。鳥居は正面ほど雄大ではないけれど、地元の大きな神社くらいはあるんじゃないかな。その下をくぐると、小道をつっ切る。その小道も飛び石が並んでいて、遠足で行った京都のお寺の日本庭園を思わせた。途中には井戸があり、水を使う作業はここでするんだろうなと確認しながらさらに歩いていたら、勝手場へと辿り着いた。

「……うわあ」

うちの神域の勝手場がいかにこぢんまりとしていたかがよくわかった。

体育館くらいあるんじゃないかというくらい、縦にも横にも広い。手前にかまどが並び、その奥に揚げ場、焼き場と並んでいる。既に人が入って下準備ははじまっているようだ。お湯がぐつぐつと煮え立つ鍋がかまどにいくつも並んでいる。一帯に広がる出汁のかぐわしい薫り。勝手場全体に、湯気と食べ物の匂いが充満している。

「こらっ！　そこっ！　早く持ち場につけ!!」

と、雷でも落とされたかのような怒声が降ってきて、思わずピシャンッと背筋を伸ばす。

その声の主である白衣の料理人を見て、思わずあたしは顔を引きつらせた。

白衣に帽子。ここまでだったら普通の板前さんだけれど、その姿は異様だった。帽子からはみ出る髪はパンチパーマだし、白衣から伸びる手も、脚も、異様に太いし。おまけにパンチパーマから見えるのは角だ。

鬼だ。まごうことなき鬼だ。

「お、鬼って……ここ出雲だよね？　この人が、氷室姐さんの言ってた獄卒……？」

「りんー、おにはもともとかみさまなんだぞ？　ごくそつとはまたべつものなんだぞ？　いずものりょうりちょうとしてきてくれたんだぞ？」

「そっ、そうなんだ……へえ……」

この鬼が料理長……!?　あたしが恐怖に震えながら、ひそひそと花火としゃべっていると「さっさと持ち場に着かんかっっ!!」と再び怒鳴られる。

も、持ち場って言われても、あたしなにも聞いてないんすけどっ!?

「す、すみませんっ！　あ、あたし、ここの勝手場はじめてで！　どこに行けばいいのかなんて全然わかんないんすけど!?」

「ん？　貴様ここははじめてか……？　ふむ。人間か？」

「はっ、はいっ……!!」

鬼なんてはじめて会った。あふれ出る強いオーラに思わずあたしはガタガタと震える。

鬼の料理長さんはじろじろとあたしを上から下まで舐めるように見る。

あ、あたしは、料理をつくるのが仕事であって、食べられはしません、よ。腕なんて全然細いし、肉だってお世辞にもおいしくないっすから……。

ガタガタと震えながらそんなことを思っていたけれど、料理長さんは「ふむ……」と顎をさすっただけだった。途端に、さっきまで感じていた気迫が緩み、あたしの震えも治まる。

「ふむ、そうか。神隠しされた人の子か。こりゃすまんかったな。今回はご飯を炊いてもらう。あちらで米を炊く準備を」

料理長さんはこの数秒あたしを見ただけで、すべてを理解したらしい。

「ご、ご飯炊くだけで、大丈夫なんですか……？」

あたしはおずおずとしながらも、聞いてみる。料理長さんはにやりと笑う。

「ここの勝手場を舐めるでないぞ？　なに、これも修業だと思えばいい。ほら、端のかまどを使え。水は外の井戸だ。急げ。日暮れまで時間はないぞ」

「はっ、はいっ……!!」

あたしは慌てて教えられたかまどの前に行く。ここのかまどだけで、御先様の神域の勝手場よりも大きい。釜がいくつも置けるようになっている。あたしは、枡を探してきて米を量る手はずを整える。食材は次から次へと付喪神たちが運んでる。米も広い土間に積まれていた。

いったいどれだけ炊けばいいんだろう。

置かれている釜は、いつも使っている釜の何倍も大きなものだ。実家が食堂をやっているから、業務用鍋で米を炊いたことはいくらでもあるけど、見る感じひとつの釜で明らかに五十人分は炊けるだろう。それが何個も並んでいるものだから、いったい何人分になるんだろうと、計算しようとして、ぞっとする。

……ああ、怖い怖い。何も考えず、さっさと米を洗って水に浸けてしまわないと、また料理長さんに怒られちゃう。

「花火。あんた今日は小さいけど、火加減大丈夫？」

「りんがごはんくれるんだったら、おれいくらでもはたらくぞ！」

「……ご飯遅れたら、やっぱりあんた怒る？」

「そりゃおこるぞー、ぼーぼーもやすぞー」

「うう……燃やされないように頑張る」

あたしは水を汲むために井戸の様子を見にいくことにした。

周りを見ると、たくさんの料理番が準備をはじめていた。人間のような姿をしている者もいれば、そうじゃない者もいる。

多分ここではあたしが一番下っ端だ。神在月の宴の料理番になるということは皆すごい料理人なんだと思う。見ていて盗めるものは盗もう。このひと月ちゃんと成長しないと。

それだけは決意した。

＊＊＊＊

「ええっと、これで何往復……」

あたしの体では抱きかかえるのがやっとな大きな釜。これでご飯を炊かないといけないけど、重過ぎて井戸まで運べない。

仕方ないので、たらいに米を入れて井戸端まで運び、大きなざるで洗う。それをまたたらいに入れてかまどまで運び、釜に入れるという作業を繰り返していた。お米の分量は量っているけれど、何回も往復していたらついつい忘れそうになってしまう。

大八車でもあれば一気に運べるけれど、それがない以上は手間でも往復して運ぶしかない。ご飯が炊けなかったら、宴の意味がないもの。いや、宴の主役はお酒かもしれないけれど。

「こ、これで……ラストぉ……！」

あたしがえっちらおっちらと米を全部運び終えると、手はヒリヒリと痛むわ、腰はズキズキ痛むわで思わずその場でうずくまってしまう。

御先様の神域で料理番を任されてから、食材を探してあっちこっちを巡ったり、走り回ったりしたから結構体は丈夫だと思っていたけれど、もっと鍛えないといけないなと思い知らされてしまった。

あたしが米を炊くように言われたのは釜二十個分。いつも炊いている量の何倍なのかは計算するのを放棄した。八百人分の用意って言われたけど……これ全部炊くんだよなと途方に暮れる。

あたしは気を引き締めて、最後の米をじゃっじゃと研ぎはじめる。

うう……これが約ひと月続くのかあ……あたしがうな垂れていると。

「人間……？」

「ふあい？」

ものすごーく怪訝そうな声を聞いて、振り返った。料理長は鬼だったし、ちょっとやそっとで驚くことはないぞと思っていたけれど、声の主を見た瞬間顔が引きつってしまった。

まっ白な着物の袷（あわせ）は通常の逆だ。三角巾のようなものを頭に巻いているけれど、これ、どう考えてもおかしい。布がやけに小さく、三角の頂点が真上を向いておでこに張り付いている、これって……。髪をひとつに結ってはいるけれど、その傷みきった髪はぴんぴんと跳ねていて、おまけに当人の顔色はものすごーく悪い。

そういえば、氷室姐さんが言っていた。地獄の獄卒だけじゃなくって、地獄に堕とされた人とか亡霊からも料理番を探すって。じゃあ、この人が地獄に堕とされた人か……！

あたしは顔から血の気が引いて行くのを感じた。

地獄に堕とされた人（疑惑）は不思議そうにあたしをまじまじと見てきた。土色の肌はホラー以外の何物でもなく、あたしは必死で「ひぃ……」とも「ぎゃー」とも言わないように唇を噛みしめた。

「なんでこんな所に？」

「こ、米、洗ってまし、た……！」

「人間が？　神様の？　料理番？」

「ひゃ、ひゃい……!!」

背中が冷たくなるのを感じながら、パクパクと懸命に口を動かしてしゃべっていた。それでも唾液が全然出てくれなくって、口の中はからから声はすかっすかだ。

地獄に堕とされた人（疑惑）は「ふうーん」と間延びしたように言うと、さらに続けた。

「じゃあさっさと米洗いしちゃってよ。そろそろ水に浸しはじめないと宴に間に合わないでしょう？」

「ひゃ、ひゃい……！」

さっさと洗ってここどかないと、取り殺される……！

じゃっじゃか研ぐ手も早くなる。

地獄に堕とされた人（疑惑）は、あたしが米を研いでいるのを、「ほぉー……」と言ってまじまじと見ている。……み、見られるような技術じゃ、ないよね。これは。

「現世は技術が進んでいるから食材の匂いなんて気にしないと思ってたんだが、まあ……ちゃんと糠の匂いに気を使った洗い方してるなあ」

「ふぁ……？」

あたしは驚く。たとえ地獄に堕とされた人（疑惑）だとしても褒められるのは素直に嬉しい。

「そりゃ、神域と現世では、精米技術とか違いますし……」

「いやあ、それ知ってて人間を料理番にするとは、そこの神もやるなあ。はあ、驚いた驚いた」

あたしは勝手に感心している地獄に堕とされた人（疑惑）に、なんとも言えない笑顔を向けつつ、どうにか量っておいた分の米を研ぎ終えた。

御先様の現世の神社に奉納がなくて、人間の料理番を連れてこないとご飯が食べられなかったなんてこと、今出会ったばかりの人（死人？　幽霊？）に、言えるわけがないしなあ……。

冷や汗が収まったのを感じつつ、ざるで水切りをしていたところで、「なあ、飯炊き以外に仕事はあるか？」と聞かれた。

あたしはぶんぶんと首を振る。

「あたし、今回の神在月がはじめてで……下っ端のあたしにもらえる仕事は他にないと思います」

「そうかそうか。料理長もなにも言ってないか。なにも言ってないってことは、自由にしてていいってことだな」

と地獄に堕とされた人（疑惑）はもごもご独り言を言ったあと、あたしの肩を叩いた。

「お前うちに来ないか？」

「はあ？　ええっと、どういう意味で？」

「ちょいとたこが入ったから、たこ料理出さんといけん。八寸で出さにゃならんが、下ごしらえに回せるやつがおらん。飯炊きが終わったらすぐに手伝え」

「はっ!?　それ……」

今までは、御先様の膳のことだけ考えればよかったけれど、宴の場合はちがう。

料理を一品一品、途切れないように出さないといけない。

御先様に出しているような膳に全ての献立が載っている本膳料理とはちがって出雲の宴で出されるのは懐石料理だ。出来立てを、その都度出すっていうものすっごく面倒なタイプ。

たしかに、懐石料理では一番はじめに出すのはご飯だから、ご飯を出し終わったら手伝いに行けるけれど。

あたしが失敗すれば、御先様に恥をかかせることになる。

自然と冷や汗が出たけれど。同時に。

たこを料理するっていうこの人が何者なのか興味が湧いてきた。生だこなんて、全然触る機会なんてなかったし、いったいどういう料理を出すのかすっごく興味がある。

「……わかりました。急いでご飯の手配を済ませたら、すぐ手伝いに行きます」

「そうかそうか。それで、人間。なんと呼べばいい？」

「あたしですか？　あたしは、りんと言います」

「そうかそうか、神域では名前を隠さにゃいかんという最低限のことは学んでるか。よかよか」

「ええっと……あなたのことは、なんと呼べばいいんですか……？」

土色の顔の人（死人？　幽霊？）はにかっと笑う。肉の削げた頬でも愛嬌があるように見えるから、笑顔って不思議だ。

その人はにかりと笑いながら答えてくれる。

「享年三六の料理人、今はうずらと呼ばれている」

「りょ、料理人さんっすか……ええっと、なんの専門、です、か？」

あたしは既にたこ料理が気になって気になって、あれだけだらだら流れていた冷や汗がすっかりと収まってしまった。うずらさんはニカリと笑う。

「懐石が専門、だな」

「……うわあ」

あたしは自然と顔がとろけてしまうのがわかった。

既に亡くなっているとはいえども、懐石料理の板前さんの腕が見られるなんて。こんな機会でもないと懐石料理人の腕なんて見られない。

だから今は、それをラッキーだって思わないと。うん。

うずらさんと約束してから、あたしは米を炊くべく、今度は水をかまどまで運ぶ。米を洗うときに前屈みになる姿勢を繰り返していたせいで、体を真っ直ぐにすると変な音がするけれど、うずらさんの料理が見られると思ったら、自然と歯を食いしばって運んでいた。

「おい、りん。大丈夫か？　うわあ……すごい水の量だな」

「ああ……兄ちゃん」

　見慣れた顔にほっとする。ここに着いてからすぐにお酒の奉納をしていたらしい兄ちゃんは、汗でぐっしょりと濡れてしまっていた。そう言うあたしだって、指紋がなくなるんじゃないかっていうくらいに米を研ぎ続けていたんだから、人のことは全然言えないと思うけれど。

　兄ちゃんは神在月初心者のあたしの様子を見に来てくれたらしい。水を運ぶのを手伝ってくれたので、どうにかかまどまで運び終えることができた。運んでいるだけで体力消耗してちゃ、この先が思いやられる。

「プロの料理人さんがいるから、その人の手伝いすることになったんだ」

　よいしょ、と水の入ったたらいを置く兄ちゃんに報告する。

「おお、すげえじゃん。よかったなあ」

「でもさあ、ここにいる人たちって」

「ん？」

　どうにか釜のひとつをかまどにセットし、量った水を入れながら疑問を口にしてみる。

「ここにはあんまり人間いないってのはわかってるんだけど、料理番さんたちって、皆地獄から来てるの？　それがピンと来なくってさあ」

鬼が料理長を務めてて、死んだ人たちが神様のためにご飯つくってるって、妙な話だなあと思ってしまうのだ。神域のしきたりやルールが変だっていうのは知っているけど、ここまで変とは。

「あー……刑務所だって、仕事させるだろ？　それと同じで地獄に堕とされた人も刑期を軽くするために奉公させるんだって」

「へえ……じゃあやっぱり人間の料理番って珍しいんだ？」

「どうだろなあ……神様って基本的に」

兄ちゃんはあちこちをきょろきょろと見回す。あたしは次の釜を抱えつつもきょとんとしていると、兄ちゃんは人目をはばかったような小さな声でこう言う。

「気まぐれだからな。人間の常識ってもんは通用しないから、自分の都合でしか物事考えない」

「はあ……そんなもんなんだ」

神様って基本的にわがままなんだなあ。そう思ったことはひとまず飲み込んで、どうにかかまどに全ての釜をセットし終える。あたしひとりでいったいどれだけ時間かかるんだって思っていたけれど、兄ちゃんが手伝ってくれたから、思ったより早く終わった。どうにかこうにかだけど。

ひと息つくと、勝手場の湯気があたしが米を研ぎに行く前よりも強くなっていることに気が付いた。出汁の匂い、魚の下処理の匂い、酒の甘くまろやかな匂い……。

「兄ちゃんありがとうね、そろそろ米炊きはじめないと。兄ちゃんはこれからどうするの？」

「もうちょっとしたら、試飲会だよ。緊張する」

「ああ、そっか。新酒を奉納したんだもんね？」

「おう」

あたしがそう話を振ってみると、兄ちゃんは硬い笑みを浮かべていた。

神在月の宴では、御先様以外の神様たちにもお酒を奉納するんだもんねえ。試飲会では神様たちから直接感想を聞くらしい。どんな気分なんだろう。

「おう、ほんっとうに緊張する。一日目はいっつもこうなんだよ」

「そっか。頑張ってね」

「じゃ、俺もそろそろ準備に行くわ。りんも、いじめられないようにな」

「大丈夫だよ、花火もいるし」

「そうか、ならいいんだけどな。頑張れよ。俺は俺で頑張るから」

「はあい」

そう言って手を振って見送る。

さて、米を炊かなくちゃ。あたしは花火に手を合わせる。

「これから無茶苦茶お米を炊いてもらわないと駄目だけれど、いいかな？」

「いいぞー。ここのやつら、じかんがすこしでもおくれたら、すっごくぷりぷりするからなあ」

「ねえ、花火」

「なんだあ？」

どこからともなくリズミカルに刻まれる包丁の音がする。

懐石料理はご飯、汁物、向付け、煮物、八寸、焼き物と続くので、八寸をつくるとしたら、多分焼き物の前になる。兄ちゃんが言っていた試飲会は、出す料理の合間に行われるんだろう。

ご飯を出し終わったら急いでうずらさんの手伝いに行かないと。

花火が力むようにして、ひとまずひとつのかまどに火をつける。ぱちんぱちんと薪が爆ぜる音が聞こえはじめたところで、あたしは疑問を口にしてみる。

「皆が言っていた意地悪するって誰？　少なくとも、料理人さんたちは皆仕事熱心のように見えるんだけど」

「りょうりするやつで、いじめるやつはいないんだぞ？」

「じゃあ」

「かみって、わがままだからな」

「うわあ……結局そうなるわけね」

あたしは思わずがっくりとうな垂れる。それを見て花火は首を傾げる。花火の首ってどこなのか、知らないけれど。

　次に花火は肩をいからせるようにして、火の粉を撒き散らして隣のかまどにも火を入れてくれた。あとは花火に任せて大丈夫。この子が絶妙な火加減でご飯を炊いてくれるから。

　ご飯を出す、それだけではいじめには遭わないとは思うんだけど。あたしはぎゅっと胸元を摑む。

　ここには宴のために頑張って料理している人たちがいっぱいいるんだし、あたしはあたしで足を引っ張らないようにしないと。ポコポコとご飯の釜が湯気を立てる音を聞きながら決意を新たにしていると、料理長さんが「おい、りん」と声をかけてきた。

「は、はいっ！」

「もうしばらくしたら宴がはじまる。炊けたご飯と向付け、汁物を一緒に膳に載せて運ぶように」

「わかりました。膳はどちらですか？」

「ああ、あそこに並んでいる膳に載せるんだ。ご飯の器はそこの食器棚から好きに使うといい」

「ありがとうございます！」

　あたしは料理長さんに頭を下げる。

「たけたぞー」

　花火が最初に火を入れたかまどの火を止めてくれた。

　ご飯はまだ蒸らし時間があるから器を選ぶことにする。

茶碗は小ぶりなものがいい。懐石料理は少量のご飯からはじまるのだから。

しっかし、宴会を生業にしている旅館でもこんなにたくさんの膳はないんじゃないかな。

全部終わる頃には、あたしも引っくり返るかもしれないけれど、一日目でバテるわけにもいかないいな。

勝手場は戦場と化している。汗がものすごく、首から手拭いをかけているけれど、手拭いもかまどの灰やらすすやらあたしの汗やらを吸って、黒ずんでしまっている。あたしはその中で、ひたすら蒸らしたご飯を混ぜる。

いったい何人分の米を炊いたんだろう。運んだ米の量を思い出している時間も惜しいほど、熱に撒かれながらひたすら作業に没頭する。

「りんー。ありがとっ！　つぎのごはんだぞー」

炊き上がったご飯を下から一気にかき混ぜると、おこげの部分をもったいないと思いながらも花火にあげる。釜が大きいから混ぜるのもひと苦労だ。あたしは台に乗って、爪先立ちになってご飯を混ぜる。そして次々に炊きあがる釜のふたを開けてまたかき混ぜ、炊けたばかりの米を急いで小ぶりの茶碗に盛っていった。

作業するたびに汗が伝うけど、すぐに拭う。汗が邪魔だ。

普段食べている御先様のお米も、結構いいやつだと思うんだけれど。神在月の奉納のお米は、炊き立てだと細かい糸を引く位に独特の粘りがあり、少しだけ冷めて適温になると、ぴかぴかと光って主張する。おネバのできる米は総じていい米なので、あたしは自然とゴキュリと唾を飲んだ。

あたしがご飯の茶碗を膳に並べると、向付け、汁物が載っていく。それを赤い小袖に白い前掛けを付けたお嬢さん方が膳を取りに来た。神様に見えないし……もしかして、人間？

「あの人たちは？」

あたしは隣で向付けを用意していた人にそっと尋ねる。隣の人は黙ってかんぱちの刺身を器に載せているけれど、その盛り付け具合は丁寧で、花じそをあしらったそれは目にも鮮やかに映っている。

「神在月の間、神に奉公する巫女さんだよ」

「えっ、巫女さんって……神社の？」

あたしが知ってる巫女さんは、白い着物に赤い袴で、ご祈禱やお祭りのときに踊ったりする人だ。小袖を着て、それをまくり上げてお盆を抱えているこの人たちとはイメージがちがうんだけど。

あたしがハテナマークをいっぱい浮かべているのに、「ああ……」と納得してくれる。この人も顔色すこぶる悪いけど、地獄から来た人なのかなとぼんやりと思う。

「そりゃ白衣に緋袴だと仕事しにくいだろ。神様方はわがままだからなあ」

「……皆言いますよね、それ」

「毎年ここでしごかれてるからなあ。ほら、仕事に戻った戻った」

「はいっす」

巫女さんたちがピンとした背筋でご飯を運んでいくのを確認してから、あたしは再びかまどに戻った。まだ半分も盛ってない。これが終わったらうずらさんの手伝いに行かないといけないし。

熱々のご飯を混ぜて、茶碗に盛って膳まで運ぶ。これを何度も繰り返し、最後の茶碗にご飯を盛った瞬間、ぜい……と息が出た。

達成感を味わいながら、あたしは花火に声をかける。

「ちょっとうずらさんのお手伝いに行ってくるから、留守番お願いね」

「ひとのてつだいかい？」

「あたし、ここではぺーぺーだし。全然役に立たないかもだけれど、勉強してくるよ」

「おうっ、べんきょうしておれにうまいまかないをつくってくれよ！」

「調子いいなあ……」

あたしは肩をすくめると、急いで広い勝手場の中をとおり抜ける。

たこの下ごしらえをする場所はあたしが米を洗った井戸の近くの水場って聞いている。

確かにここの勝手場では火が多過ぎて、生ものは温度ですぐ駄目になっちゃうだろうねえ。

氷室姐さんがいたら話は別だろうけれど、姐さんはあたしらと違って来賓側だし。

そう思いながら水場に出る。井戸の近くには大桶が大量に並んでいる。近くでは知らない付喪神が大量の野菜を洗って、それらを勝手場に運んでいる。まるで銭湯みたいだなと、見当ちがいな感想が出た。その一画で、既にたこに塩を塗り込んでいるうずらさんの姿があった。たこが足をうねらせているのを見て、あたしは喉を鳴らした。

「すみません、お手伝いに来ました！」

「来たか、それじゃあこれ。汚れを取るために全部塩を塗り込んでくれ」

「あっ、はい！」

　生きた魚だったらともかく、生きてるたこの扱いなんてはじめてで、吸盤が腕や手に貼りついて悲鳴を上げてしまったけれど、三本、四本と足一本ずつに塩を塗り込んでいくうちに、だんだんと慣れてきた。でも表面に塩を塗りたくったところでぬめりは取れない。

　これ、このまんま料理して大丈夫なのかな。これが下準備って言われても、こんなぬめってる皮、包丁で削げるのかな。あたしがそう思っていると、うずらさんは「塩を塗り込んだやつはそこの大桶に入れてくれ」と指を差した。うずらさんの手はぬめったたこ相手でもよどみなく動いて、その手さばきに惚れぼれする。

　そしてうずらさんは、大桶に入れたたこを水洗いして、目と目の間、口の周りに丁寧に包丁の切り込みを入れていく。

「こうすることで、たこは自由に動けない。それでも足は勝手に動くけれど、逃げることができなくなる」

「ああ……切った部分は神経ですか？」

「まあ、そうなるな。それで、ここからが肝心だ」

もう一回塩で洗って二度洗いするとか？　そう思っていたら、うずらさんは問答無用でたこに包丁を向けると、足一本を切り落とした。そしてその足をひょいと足元の大桶の中に落とした。よくよく見ると、その中になにかいる。

「あっ」

それは大きな雫に目と口、手と足が付いているような生き物だった。花火も火の玉に目と口に手が付いているような感じだけれど、水の神ってことなのかな。こいつには青い手足が付いていて、うずらさんがあげた足をもぎゅもぎゅと食べている。

うずらさんはあたしがまじまじと水の神を見ているのにニヤリと笑った
「こっちには洗濯機なんて文明の利器なんてもんないけどなあ。慣れればこっちのほうが楽だな」

「ええっと……洗濯機、ですか？」

「水の神、回れ」

「ぐーるぐーる」

あたしの質問には答えず、うずらさんが短く水の神に命令すると、水の神はぐるぐると腕を回すモーションを取った。途端に、たこの入った大桶の中に張った水が、ぐるぐると回転をはじめた。たしかに、洗濯機みたいだ。

ぐるぐると渦潮ができ、その渦潮の中でたこの足が洗い清められていく。あたしが呆気に取られていると、うずらさんは笑顔でぐいっと大桶を見せてくれる。

「たこは一度洗濯機に突っ込むのがいいんだ。そのほうが汚れもぬめりも落ちるし、身も柔らかくなる」

「え……そんなのはじめて聞いた！　締まるんじゃなくって柔らかくなるんすか」

桶の渦潮がおさまると、あたしは洗われたたこを触ってみる。水の神の簡易洗濯機のおかげで、たこのぬめりはすっかりと落ちてしまった。あたしがふむふむと見守っていたら、うずらさんはたこをさっさと取り上げ、足を一本切り落としてくれる。

「……へ？」

「特別だ、食ってみろ。これで身が柔らかくなったかがわかる」

「あっ、はい」

醤油も塩もないけれど、あたしはうずらさんが切ってくれた刺身に恐る恐る口をつけた。

……甘い！　あたしは思わずそのたこの食感に目を見開いた。身がきゅっと締まっているけれど、硬くはなくって、むしろ身はプリプリしている。そして噛めば噛むほど、たこの甘味が口の中に広がっていくのがわかる。

でも……。八寸では刺身は出さないような。あたしが不思議がっていたら、すぐにうずらさんが料理の説明をしてくれた。

「りんには、これからたこの柔らか煮の下準備をしてもらう。ここにあるたこを全部洗った上で、下茹でまでして調理担当に回してもらう。できるか？」

「……！　わかりました！」

たこの柔らか煮は、割烹料亭でも出される定番料理だ。醤油と砂糖、酒を合わせた調味液で、名前のとおりたこを柔らかく煮るものなんだけれど。

生だこはぬめりがあるからちゃんと洗わないと駄目だし、匂いを消すために重曹を入れたお湯で下茹でしないといけない。おまけに海鮮ものは、煮過ぎると身が硬くなってしまうから、出すタイミングだって考えないといけない。

下準備とはいえど、なかなか責任重大だ。

あたしは大桶の中にいる水の神に頭を下げた。

「よろしくね」

その子はわかっているのかわかっていないのか、ぷっと水を噴水のように噴き上げた。

「水の神もよろしく、だとな。よし、じゃあはじめようか」

「はい！」

とにかく料理に使うたこを水の神の簡易洗濯機で洗ったら、それらを勝手場へ、たらいに載せて持っていく。

大鍋に水を入れると、それをかまどに載せ、花火に火をつけてもらうことにする。

「花火、これに火をちょうだい」

「おお？　てつだいにいくっていってなかったか？」

「言ったよ。たこを茹でないといけないんだ。いっぱい」

「おう……わかった」

花火がぽぽぽんと火をつけてくれ、沸いたところで素早く重曹を入れる。そしてたこが茹だったのを確認したら、それを素早く取り出し、たらいで水洗いする。これで匂いを取り、下準備は完了だ。

「たこ、下茹でできたか⁉」

「はい！　こちらです！」

調理担当の人たちの元へどんどん運んでいく。例に漏れず調理担当の人は皆、顔色が土色だけれど、あたしはもうそんなことは気にならなくなっていた。

たこを茹でて、洗う。茹でたてのたこを引き上げて、水で洗うのは熱いし冷たいし大変だけれど、茹で上がったたこを運ぶタイミングで、調理担当の人や盛り付け担当の人の技を見られるのは眼福だった。

鍋に入れられたたこは、調味液でぐらぐら沸騰させないように煮えていく。

そして出来上がった柔らか煮は他の八寸の品と一緒に盛り付けられていくけれど、その様は実に鮮やかだ。

居酒屋で出されるようなたこの柔らか煮は、一品料理として鉢に入れて汁もたっぷりとかけて出されるけれど、懐石で八寸として出されるものはちがう。

八寸は基本的に海のものと山のものとを同時にいただくものだ。当然ながら出されるのはたこだけではない。

たこの柔らか煮は艶を帯びた色で平皿に載せられる。かける汁は柔らか煮の艶が増す程度だ。その上に山椒の葉を飾る。そしてその横には、里芋の八方焼きに、カボチャの巾着が載せられていた。里芋もほっこりと出来上がっているし、カボチャの巾着も崩れることなく無駄がない。

平皿に計算されて載せられていくのは、見ていて惚れぼれとしてしまう。

「りん、またたこがまっかっかだぞ」

「うん。ありがとね！」

額から玉のような汗がこぼれるのを手拭いで拭って、茹で上がったたこを湯切りしてたらいに入れ洗う。

ときおりお湯を替え、重曹を再び加え、茹でていく。たらいの水もたまに替えないといけない。

「あ、あれ？」

次のを茹でようとして、手がすかったことで、ようやく気が付いた。たらいに入れられたたこが全部消えたということに。

それに、うずらさんがにやりと笑う。

「終わりだ終わり」

「えっ？」

相変わらず出汁の匂いは充満しているし、なにかを焼いている音が聞こえる。既に勝手場は次の料理の準備に入っている。

でも。ひとまずはあたしのたこの下茹では終わったらしい。

と、巫女さんたちがやってくる。

「お疲れ様です！　料理運びます！」

「あー、お疲れ」

うずらさんが巫女さんたちに挨拶するので、あたしも続く。

「あっ、お疲れ様っす！」

巫女さんたちは膳に八寸を載せると、それを運んで行った。それを見た途端に、どっと汗が出てきた。まず一日目は、クリアってことなのかな……。あたしはぐったりとする。

「お疲れ、初日はどうだったい？」

うずらさんにそう声をかけられて、あたしは思わずへにゃりと笑う。

「もう大変でしたよ、だってもう。あたし、なにもかもはじめてっすよ、こんなにたくさん米を研いだのも、炊いたのも。それに。うちの神域にはたこなんてありませんし、現世でも生だこ使う料理つくってませんもん」

「そりゃよかったな、レパートリー増えただろ」

「ま、そうっすよねえ」

あたしが笑っていると、うずらさんは「そういえば」と言葉を付け加える。

「お前さん、明日の朝は？」

「えっ？　あたし、明日のことなんてなんにも聞いてないですよ？　そもそも出雲に来て料理をつくるってこと以外、なにも聞いてないですし」

「はあ……そりゃそうか。多分お前さん明日の朝、朝餉当番を任せられるぞ」

「……へ？」

寝耳に水どころか、いきなり井戸に突き落とされたような気がして、あたしは思わず口をあんぐりと開ける。

「なっ、なんでですか⁉」

「だって料理長からご飯を炊くように言われたんだろう？　ご飯炊きが代々朝餉当番だからな」

「あっ、朝餉当番ってそんな……⁉　あたし、神様全員分の朝ご飯をひとりでつくらないと駄目なんですか？　そ、それに、そんな懐石料理みたいなレパートリーに富んだもんをいきなり全部つくれなんて言われても……‼」

「ああ、それが引っかけなんだよなあ」

そう言ってうずらさんが笑う。

ん、んん……？　あたしがわからないという顔をすると、うずらさんはヒントだ、と言ってあたしに問う。

「今日も明日も明後日も、ひたすら宴会三昧なんだ。たとえ神とはいえども胃を傷める。だから朝は胃を休めたい。胃を休ませるにはどうしたらいいんだ？」

「……あっ！」

あたしはポンと手を打った。

人間も暴飲暴食をし続けたら、胃が壊れてご飯が全然入らなくなってしまう。ましてや神在月の間中ずっと宴なんだから……。

「メニューって、なんでもいいんですか？」

「ここに運ばれてきたもんを使うんだったら何でもな。朝餉だから品数はいらない。ひと品用意すればそれでいいんだ」

「ありがとうございます！　なんとか考えてみます！」

あたしはペコンとうずらさんに頭を下げた。

そしてかまどに置いてきた花火を迎えにいく。花火はいつも以上に作業に付き合ってくれて疲れたのか、丸くなって眠っていた。可哀想だけど起こして、ちりとりに乗せる。

「花火花火、ちょっと出かけるよ」

「ん……？　もうりんのきょうのしごとはおわりだろう……？」

「今日のはね。明日のために手伝ってよ、お願い」

「？？？？　おう……？」

さあ、考えないといけないことがいっぱいだ。

宴で弱った胃でも食べられる朝餉を考えないといけないんだから。次はころんを探さないと。どんな食材が使えるか見に行かないとな。

＊＊＊＊

あたしは両親が営む小さな食堂【夏目食堂】の娘だ。とはいえ、意外と飲み会の席がどんな具合なのか知る機会は少ない。

飲み屋を兼ねているような食堂ならともかく、大衆食堂で日中、働いている人の昼ご飯をメインで営業しているような店だから、夜はせいぜい晩酌みたいな感じで、飲めや歌えやのどんちゃん騒ぎっていう風にはならない。

専門学校に通っていたときも、二十歳を過ぎてから飲み会を開くことはあったけど、ご飯のおいしい店に入ったら、皆こぞって「これどうやってつくってるんだろう」という話になってしまい、酔う暇がなかった。安酒を飲む人もまわりにいなかったし、あたしは二十歳を過ぎてもなお、お酒を飲む習慣がない。

あたしは残ったご飯を賄いにして食べて、花火と水の神にも賄いをあげてから食糧庫へと向かう。花火をちりとりに乗せ、ころんを探してきて肩に乗せると、教えてもらった道を歩く。出雲では自分の賄いは自分でつくることになっていて、付喪神は手伝ってもらった人がそれぞれ対価として賄いをあげることになっていた。それは御先様の神域と変わらない。杜氏や巫女さんの賄いはどうなるのかと、うずらさんに聞いてみたら、それは別に用意されるようだ。

どこからか三味線の音とか琴の音色とかが聞こえてくる。その音を聞くと、どうにも落ち着かず、ちりとりの上の花火に視線を落とす。

「いったいなにやってるんだろうね、宴って」

「そんなのみこでもないのに、のぞいちゃだめなんだぞ」

「だよねえ……」

御先様ちゃんと宴のご飯食べられたのかな、他の神様に嫌な思いをさせられてないといいんだけどな……。そう気を揉みつつちらりちらりと音楽の聞こえてくる方向を見ながらも、食糧庫に向かう。

通り過ぎる廊下は飴のように艶めき、火の玉がぽわぽわ浮いているのが見える。そしてここから見える庭の木々は綺麗に切り揃えられ、やけに荘厳に見えた。

食糧庫に辿り着いて、その中を覗く。

うちにも酒蔵はあるけれど、そこの何十倍は広い。天井の高い蔵でそこにくっつきそうな高さの棚が並んでいる。

ひと月分の宴会の貯蔵として、古今東西津々浦々、あちこちから運び込まれた食材がこれでもかと並んでいる。それを見てあたしは思わず唖然としてしまう。

米俵に入ったお米が蔵いっぱいに届いているし、つやつやで見るからに採れたての野菜も積まれている。きっとその土地土地の名産品だろう。端のほうには、砂糖とか卵とかも積まれているのを発見して、思わずごくりと唾を飲み込んでしまう。御先様の神域にはないものだ。

「うっわあ……すっごいね、これは……」

「そりゃもう、ねんにいちど、かみさまがあつまってうたげをするためのしょくりょうなんだから、これくらいあるのはとうぜんなんだぞ」

「そりゃそうなんだろうけどさあ……」

並んでいるものを見ていると、普段お目にかからないようなたっかい果物やら、どう見たってすごくいい酒が並んでいる。

そういえば魚や肉はどこに置いてあるんだろうと、キョロキョロとしてみる。一部の魚は外のいけすに入れられているが、既に捌かれて味噌に漬けられているものもあった。こりゃ三日経ったらいい塩梅に漬かってご飯によく合うものになってるなあと、思わずジュルリと唾液が出るけれど、肉は見当たらない。

う～ん……朝餉っていうのが問題だよなあ。

お酒飲んでご飯もお腹いっぱい食べて次の日ってなったら、胃がなにも受け付けない気がする。あたしだって正月の三が日が終わると胃が疲れてしまって、あんまりご飯が進まない。温麺だけで済んでしまうもんなあ。神様の場合は……どうなんだろうね。

食糧庫の中には御先様の神域では見たことないような付喪神が、せっせと蔵の整理をしている。魚もあるせいなのか、ここは氷室姐さんの氷室みたいにひんやりとしている。多分氷室姐さんみたいな付喪神もここで働いているんだろう。

あたしはうーんうーんと唸りながら考えた挙句、「ねえ、ころん」と肩に乗ったころんに声をかけた。

「お酒飲んだあとって、多分胃にダメージを受けると思うんだけど、なんだったら食べられると思う？　一品料理でいいよって言われているけれど、却って困るよねえ、それって」

さすがに付喪神に相談するのは難しいかな。

そう思っていたけれど、ころんは考え込むように首を捻ったあと、トコトコと食糧庫の奥へと引っ込んでいった。

どうするんだろうと思ってしばらく眺めていたけれど、すぐになにかを笠いっぱいに持って戻ってきた。笠の中を見て、思わずあたしは目をパチクリとさせてしまった。

笠いっぱいに持って来たのは、トマトだった。どこからどう見てもまっ赤に光るトマト。トマトを使った一品料理って、なかなか思いつかないけれど。

トマトかあ……。確かにうちのお父さんも二日酔いになったら、トマトジュースを飲んで休んでいたような気がするけど、ジュースだけじゃあ朝餉にはならないなあ……。

……ん？　温麺に、トマト……。あたしはころんにずいっと顔を近付ける。

「あのさ、ころん。肉と、あと。小麦粉ってないかな？」

ころんは頷くと、再び奥に引っ込んでいった。そしてなにやら塊の肉を持って戻ってきてくれた。ころんはいつも笠いっぱい野菜を入れてくれるけど、見てくれとちがってたっぷり入るあの笠がなんなのかはよくわからない。

ヒクリ……と匂いを嗅いでみる。それは豚肉に似ているけれど、豚肉よりも脂の匂いが獣じみている。あんまり食べたことないけど、これは猪の肉かな。

続けてころんが持ってきてくれた小麦粉を見て、あたしは自然と頷く。野菜はざっと辺りを見回してネギを使うことにした。ころんに、残ったご飯でつくったおにぎりを渡すと、目を輝かせながら食べる。その様子を他の付喪神は羨ましそうに見ていた。

「明日、ころんや他の付喪神の皆も手伝ってくれる？　賄いを対価に」

あたしが周りを見ると、ころんも含めて皆が皆、なにやら期待に満ちた顔をしてくれたので、あたしはフへへと笑う。

明日の準備として、試作用のトマトと肉、小麦粉を皆で勝手場に運んでいると。廊下に誰かが出ていることに気が付いた。

シルエットを見ると、神様のようだった。

えっ、神様とすれ違う場合って、どう挨拶すればいいの。はじめて会う、しかも御先様よりもずっと偉い神様と鉢合わせた場合は、どうすりゃいいの……！

あたしは内心パニックに陥っていたけれど。

「なんだ、そちか」

聞き覚えのある声でそう言われて、ほっと胸を撫で下ろす。長いまっ白な髪を夜風になびかせていたのは、御先様だった。あたしはぺこんと頭を下げる。一緒にいた付喪神たちも、同じようにぺこん、と頭を下げた。

「お、お疲れ様、です……！」

「別に疲れてなどおらぬ。まだ初日ゆえな」

そう言って、ふっと笑う。

いつもみたいに傲慢な態度ではあるけれど、なんでだろう。元気がないように見えた。

やっぱり……他の神様にいじめられたりしたのかな。あたしはまだ出雲で他の神様に会ったことがない。地獄の獄卒やら付喪神やらには会ったけれど、皆親切だった。でもみんな口を揃えて神様は意地悪だと言う。

「ご、ごちそう……あたしもお手伝いしましたが、どうでしたか？」

あたしは言ってから、しまったと思う。気乗りのしない宴に来て食べるご飯なんて、どんなにおいしくっても鉛飲んでるようなもんじゃないの……！

どうしようどうしようと思っていたら、白い目をすっと細めて、御先様はあたしを見てきた。

「そちはいったいなにをした？」

「えっ……？　あたしですか？　あたしは……ご飯を炊いたり、たこを茹でたりしました。まだ全然、お役には立てていませんが」

「ほう……そうか。残念だな」

あたしをじっと見て、顎をしゃくる。あわわわわ……怒ってはいないみたいだけれども。

御先様の言葉に違和感を覚えた。

少なくとも、ご飯を炊いてよそったのは全部あたしだ。ご飯を食べていたんだったら、あたしがつくったものを口にしているはずなんだけれど……？

「み、御先様は、まだ胃に余裕あります……か？　宴の料理を食べたんだったら、お腹膨れてるかもですが」

「いや？　我は食べてはおらん」

ん……？　一瞬意味がわからなかったけれど、今も広間から三味線の音色が聞こえるのに御先様がここにいるということで、気付いてしまった。

……御先様は、宴で食事を摂ってない。

「そ、そんなんで、ひと月、大丈夫なんですか？」

「初日はそんなものであろう」

「食べてくださいよ、せめてひと口だけでも」

「……情けはいらぬ」

「そんなんじゃ、ないです。あたし、下っ端でも料理番ですから……残して欲しくない、だけです」

あたしはそう、御先様に訴えた。

「今ちょうど、朝餉の試作をしようと思っていたんです。御先様にご飯の用意をしますから……お願いですから、ひと口でいいんで食べてください」

あたしがなんのためにこんな神域にいて神様の料理番やってるかと言われたら、この人に食事を出すためだ。出雲に来たといっても、それは変わらない。あたしが頭を下げると、しばらく沈黙が降りる。

沈黙を破ったのは御先様の溜息だった。

「はあ……また、そちは。お節介にもほどがあるな」

「あ、あたしの性格は、そう簡単には変わらないと思いますんで！」

我ながら身勝手なことを押し付けているなとは思うけれど。針のむしろで食事を摂れっていうのも酷な話じゃないか。ご飯は、親しい人と一緒に食べないとおいしくないんだから。

あたしはそう思いながら、両手に野菜を抱えながら御先様にもう一度頭を下げた。

「一緒に、ご飯食べましょう。すぐに用意しますから」

＊＊＊＊

勝手場の端のほうに膳を用意して、残り物を漁る。ころんたちにもお礼としてご飯をあげたら、満足して食糧庫へ戻っていった。花火はかまどに潜って丸まっている。

ご飯を大きめのお茶碗によそって、宴で余ったかんぱちの刺身とあしらいで使ったものを、味噌と一緒にして、まな板の上でとんとん叩くように混ぜて、なめろうにする。あしらいは花じそとかしそ、白髪ねぎだから、香りがいいし、わずかながらだけれど歯ごたえにアクセントが出る。

勝手場ではうずらさんが包丁研ぎをしていた。うずらさんは不思議そうな顔をしてあたしを見る。

「ん、明日の朝餉の試食かい？」

「あ。ちがいます。すみません、ちょっとお客さんがいますので、残り物使わせてもらっていました。本当だったらいちからつくりたかったんですけれど、さすがに時間がありませんから……」

「なんだ、その人、夕餉まだなのかい？」

「そうなんですよぉー。すみません。これ終わったら朝餉の試作でまた勝手場借りますね」

「そりゃかまわんよ」

さすがに。神様が宴に出ずにふらふらしていたのを捕獲して、ご飯食べさせようとしているなんて、言えるわけがない。

ご飯、かんぱちのなめろう。

ほとんど賄いご飯になってしまったものを、急いで膳に載せると、勝手場と料理番たちの宿舎の間の渡り廊下に向かった。ここには、ほとんど人がいないようだ。

広い庭が見え、すすきがそよいでいるのがわかる。あいにく出雲の空も霞がかっていて、月は見えない。

「御先様、簡単なものですみません」

あたしの持ってきた膳に、御先様は少しだけ目を大きくした。

「早かったな……それは？」

「すみません。材料があまりなかったので、いつもよりも手間をかけられなくて」

「かまわん」

「これはかんぱちのなめろうです。味噌と香味野菜を混ぜて切ったものです。ご飯と一緒にお召し上がりください」

御先様は相変わらず綺麗な箸使いで、なめろうを器から取ると、それを口に含みつつご飯をぱくりと食べた。

あたしは正座して、はらはらしながら食べるのを見守っていたけれど、御先様はそれをぺろりと平らげてしまった。……やっぱり、お腹空いてたんじゃないかな。こんなにすぐに食べてしまって。

「あの……宴のほうに出なくっても、本当に大丈夫なんですか？」

「顔さえ出せばよい。あまりいい顔はされぬがな」

「それって……」

「神にも煩わしい位というものがあるという話だ」

「あー……」

氷室姐さんが言っていたことが頭を掠めた。神様も格を重要視するって。

現世の大学のランクとかと一緒なのかな。神様の格っていうのはいまいちあたしにも理解できないけれど。

あたしはなんとも言えない気持ちのまま、「どうぞ」と水を差し出した。兄ちゃんがいたら日本酒を出せたけれど、あいにく兄ちゃんは試飲会で忙しいのだろう。これで我慢してくださいと、内心ひたすら謝りながら。

御先様はあたしの差し出した水を舐めるように飲みつつ、中庭のすすきを眺めていた。

「して、朝餉にはなにを出す？」

「あ、朝餉は食べに来られますか……!?」

「それはわからん」

「うー……赤茄子(あかなす)麺(めん)にしようかと思っています」

「麺？」

「はい」

赤茄子って格好付けているけれど、要はトマト麺だ。中華麺ではなく、うどんでつくろうと思う。質素にならないように肉も入れる。

トマトは胃に優しいし、うどんも胃に優しい食べ物だ。

麺を人数分用意するのは時間がかかるから、今日のうちにある程度は仕込みをしておかないといけない。でも夜のうちに手順を確認しておけばなんとかなるだろう。

あたしが手順を頭の中で思い浮かべていたら、御先様がじっとこちらを涼し気な目で見ていることに気が付いた。

「あ、あのう……？」

「……せいぜい励め。ただ」

「はい」

「邪魔をされぬようにな？」

それは、氷室姐さんにも花火にも、勝手場にいる料理番さんたちにも言われていることだ。

いったい誰がそんなに意地悪するんだろう。それを聞く前に、御先様は立ちあがると、するすると衣擦れの音を立ててその場をあとにしてしまった。

「……美味かった。次も楽しみにしておる」

「あ……はいっ！」

悔しいなあ。あたしはじんわりと込み上げるものを嚙みしめながら、そう思った。

今の「美味い」は、あたしが聞きたかったものとはちがう。心底参っているときに出されたから、なんでも美味く感じるやつだ。

御先様に、ちゃんとした料理を出してあげたいな。あたしは悔しさをどうにか飲み込んでから、膳を手に取った。これを片付けたら、朝餉の試作をしないと。

あたしが膳を持って勝手場に帰ると、ちょうど包丁を研ぎ終え片付けをしていたうずらさんが「おっ？」と首を捻った。さっきまで戦場と化していた勝手場は、今は静まり返っていて湯気もない。いるのはうずらさんはじめ、数人の料理番さんで、あとは疲れて眠っている付喪神たちだけだった。今は花火もかまどの下でぐっすり眠っている。

「なんだい、誰もいないんだからここで食べればよかったのに」

うずらさんが親切に言ってくれた。

「あー……すみません。庭を眺めたかったらしくて」

「そうかい？」

うずらさんがそれ以上詮索しないでくれたのにほっとしつつ、あたしは食糧庫から取ってきた材料を並べた。

トマトに猪肉、ネギ、小麦粉。出汁は削り節と醤油でつくろう。料理酒は日本酒で。幸いお酒はいっぱい奉納されているから。

あたしはまずトマトを湯剝きする。奥で包丁を研いでいた鬼の料理長さんまで寄ってきて、不思議そうな顔で眺めてくる。

「はあ……確かにトマトは酔い覚ましにゃ効くが、まさかそれを朝餉に持ってこようとするたぁ思わなかったなあ」

「あたしもあんまり酒飲まないんで、酔い覚ましの方法は見てきたものしかわかんないっすよ、でも」

カロリーだけはたっぷり取りまくっているから、お腹はパンパンになっちゃって、ちょっとした刺激ですぐに嘔吐に繫がったり腹を壊したりってなっちゃう。

もうちょっと宴会が進めば、おかゆとか雑炊とかのほうが胃に優しいんだろうけれど、はじめての朝餉だし、もうすこしエネルギーが出るものがいい。

……まあ、神様の場合はどうだか知らないけれど、味の濃いものばっかり食べていると、味覚が鈍っちゃうから、一度リセットすることは必要なんだけどねえ。

「しじみ汁とかも考えたんですけど、かえって体に入らないと思うんですよ。味噌汁は夕餉でも出てくるし、同じような味付けだと、飽きちゃいますし。神様って、あたしたちよりずっと長生きしてて、あたしたちよりよっぽどいいもの食べてるはずですから」

「なるほどなあ……で、トマトは半分は麺に練り込むのか」

「はいっす」

あたしは料理長さんに向かって頷くと、小麦粉をすり鉢に入れた。トマトの果肉、塩を加えてよく混ぜる。まとまったところで今度はのし台にのせて捏ねてまとめ、すこし寝かせる。要はトマト入りのうどんみたいな麺にするのだ。

つゆはかつお出汁に醤油、日本酒を煮立ててからトマト果肉の残りを入れる。猪肉は日本酒とネギと一緒に煮て臭みを取ってから、つゆの鍋に放り込む。味見用に小さなお椀に注いで、うずらさんと料理長さんに配った。

「ふむ……トマトと猪肉と出汁ってどうなるかと思ったが……案外合うなあ」

料理長さんは感心した様子で言ってくれた。

「はい。トマトには旨味成分があるんで」

和食にも、最近はトマトはよく使われている。おでんにトマトを入れる人だっているし、トマトの寒天寄せは会席料理でも出すところがある。

寝かせていたトマトの麺生地は打ち粉を振るってしっかりと伸ばし、包丁で切り分けた。それを大鍋で茹でる。うどんみたいな食感になってるはずだけど、大丈夫かな。浮き上がった麺を湯切りしてからお椀に入れて、トマトの麺つゆを注ぎ入れた。つゆに入ったトマトの赤色鮮やかで、そこに青ネギを刻んで添えたら、コントラストも鮮やかになった。

それを料理長さんとうずらさんはまじまじ眺めてからすすった。それを咀嚼しながらふたりが腕を組んでいるのを見て、あたしは内心ひやひやとする。

ちゃんと臭み消しはしたけれど、それでも猪肉が脂っこかったら、胃にダメージを与えるから、別の献立を考えないとなあ。

だからと言って、普通のネギうどんにするって言うのも、却下。栄養が偏り過ぎだもの。せめてたんぱく質を加えたい。

ドキドキしながらふたりを見守っていたら、つゆをずずりとすする音まで聞こえた。

「ふうむ……もっと脂っこいかと思ったけど、ちゃんと下茹でしてあるから、これだったら朝に出しても大丈夫だな。神様方は料理に関しては口うるさい。胃が荒れはじめた頃に脂っこいものを出すと怒るし、ずっと粥みたいなものを出しても怒る。さりとて朝から懐石も食べられないから、自然とあっさりした一品料理に偏るが……これならば大丈夫だろう」

「はあ……ありがとうございます。あの、神様は朝からお酒を飲むってことはないんですね？」

「そりゃ中にはそんな神もいるが、そんな神は事前に杜氏を呼んで酒の用意をさせるから気にせんでよい。もし酒の肴を用意しろと言われたら、アドリブでつくるしかない」

……わ、わがままだな、本当に……。あたしはそんな無茶ブリされたらどうしよう、と内心ひやっとしたものを感じつつ、頷いた。

「わかりました……それじゃあ、明日は赤茄子麺で乗り切ります」

「うん、がんばりなさい」

「はいっ……！」

トマト麺で、ちょっとは驚いて喜んでもらえるといいんだけれど。問題は次からだよね。胃に優しくって、酔い覚ましによくって、ついでに体によさげな栄養価のあるもので、朝から食べられるものって考えると……なかなか難しい。

まあ、明日になったら明日の懐石料理がある訳だから、それを見ながら考えていくしかないんだろうなあ。

……たった一日でグロッキーになんてなってられないし。ファイト、オー。

あたしは自分で自分を鼓舞しながら、料理番にあてがわれた宿舎へと歩いて行った。普段御先様の神域で使っている布団よりも、出雲の神域の使用人宿舎の布団のほうがふかふかしている。

周りを見ると少ないけど人間もいた。あとは獄卒なのか、幽霊なのか、顔色が悪過ぎる人たち。中には付喪神みたいに、明らかに人間とも鬼ともちがう見た目の人たちもいる。

そんな人たちが畳の上で布団を敷いてグースカ寝ているっていうのは不思議な感じだ。

横になると、思ったより疲れていたことに気付く。

腕の筋や、太股の内側が突っ張って、すっごく痛い。その痛みと疲れが、布団に横になった途端にじわじわと溢れて来た。

あたしは、夢も見ないほどに、泥のように眠りこけてしまった。

＊＊＊＊

日の出前に起きないと、朝餉の準備ができない。

まだ外もまっ暗で、出雲の澄んだ空気のせいか起き上がった瞬間ブルリと震えるくらい冷たい空気が肌を突き刺す。

御先様、ちゃんと食べに来るかなあ。またなにも食べてない……なんてことにならないといいんだけれど。あたしはそう気を揉みながら、まだ火の入っていない勝手場を目指して足早に寝床をあとにした。まずは材料の調達。食糧庫に行くと既にころんたち鍬神が材料を用意して待っていてくれた。勝手場まで運んでもらう。

勝手場に辿り着くと、まず花火を起こす。昨日試作でしたとおり、あたしは打ち粉を振るいながら、麺をつくりはじめた。一品料理でいいとはいっても、ひとりでつくるとなったら大変だ。麺が伸びないように巫女さんたちにできた分をすぐに届けてもらわないと駄目だしなあ……。

　とりあえず花火に頼んで湯を沸かして、先に大量のトマトの湯剝きを済ませておく。出汁をひいて麺つゆの支度もはじめないと。

　かつお出汁が取れたら、醬油、日本酒を入れて、麺つゆをつくると同時に、別の鍋で猪肉の臭み取りをする。これをいくつもの大きな鍋を使って大量につくる。

　あたしは起きてすぐの寒さを忘れ、汗だくになっていた。その合間に花火に猪肉の端っこをあげる。麺つゆの準備と猪肉の下茹でが終わったら、今度は麺づくり。手伝いに来てくれた付喪神たちが小麦粉と塩を運んでたらいに入れてくれる。それにトマトの果肉を加える。腕が悲鳴を上げるほどに大量の麺生地を捏ねて切る。ここまでできれば、あとは茹でるだけなので、巫女さんが来るのを待つ。茹でてしまうと伸びてうどんのこしがなくなってしまうからだ。

　あたしは花火と鍬神たちに賄いをあげてから、勝手場でしばらく待っていた。

　でも。

　日がだんだん昇ってきている。それなのに未だに巫女さんたちが来ない。

　太陽の具合からして、御先様の神域だったら、とっくの昔に朝餉を膳に載せている頃合いだ。

　さすがにこれってまずくないかなと思ってあたしは花火を見る。花火はマッチ棒みたいに細い腕を組んで怖い顔をしていた。

「……やられたな」

「ちょっ……やられたって、なにが？」

「いっただろ、なんども。いずものかみはいじがわるいって」

「聞いてたけど……それと巫女さんたちが来ないのと、なんの関係が？」

「たぶん、みこさんたち、とおせんぼされてるんだぞ。ふつうここまでこなかったら、みこさんたちだってばちがあたえられるはずなんだぞ。いくらなんでもおかしいんだぞ」

「そんな……なんでそんな意地悪するの」

「いみなんかないんだぞ。いじわるするのに」

「ちょっ……」

「だってかみはいじがわるいんだぞ？　きにいったにんげんはさらうし、じぶんよりしたにはいばりちらすしな」

花火にそうはっきりと言われて、あたしはくらくらとしてきた。たしかにあたしも神隠しされて来たし、御先様には意地悪なこと言われたりするけど。

頭が痛い。御先様はそんな意味のない、意地の悪い小学生じみたことをしない。なんでここの神様がそんなことするのよ。

でもこれじゃあ、朝餉をつくっても運んでもらえない。

どうする？　どうする？

ぐるぐる考えているうちに頭が痛くなってきた、そのときだった。

「おう、どうしたんだい？　まだ朝餉が出されてないじゃないか」

　気遣わしげにやってきたのは料理長さんだった。あたしは思わず花火を見ると、花火はあっさりと言ってくれた。

「ここのりょうりばんたちは、だいじょうぶなんだぞ。おれがずーっとりんのかわりにみはっててやったからな！」

「そっか、ありがとね」

　あたしは意を決して、料理長さんに事情を説明した。

「すみません、運んでくださる巫女さんたちが全然来なくって」

「ああ……神様のいたずらがはじまったか」

「なんですか、それ」

「巫女を口説いているんだよ、それで足止めしている」

「はあ？」

　あたしは一瞬意味がわからず、料理長さんを見る。

　はあ？　巫女さんたちをナンパ？　それで足止め？　ばっかじゃないの？　その上あたしの料理が食べられないと？

　じょーうだんじゃない！　なにそれほんっとうにばっかみたい……！

　あたしは思わずギュンッと花火を見ると、花火はビクッと火花を飛ばしてあたしにない首を振る。

花火があたしの視線にビクッとしているのを見ながら、あたしは肩を怒らせて、あとは茹でるだけになっている麺を竹ざるに載せた。そして麺つゆのたっぷりと入った大鍋を、どうにか火から下ろす。

見かねて料理長さんが声をかけてくれる。

「……どうするんだい、もうすぐ朝餉の時間になるが」

「ふっふっふ……神様が朝餉前にナンパで巫女さんたちを足止めして、それが原因であたしの料理が食べられないぃ？　料理なめんじゃねえわよ。料理番なめんじゃねえわよ」

あたしは「鍬神たちー、ちょっと運ぶの手伝ってぇぇぇぇぇぇ!!」と叫ぶと、ころころところんやその他の鍬神たちが走ってきて、布巾を敷いた大鍋を担いでくれた。鍬神は体が小さいけど力持ちなのだ。あたしはざるに載せた麺を持つ。

その様子を見ていた料理長さんは引きつった顔をした。

「……なにをするつもりだい」

「あたし、つくづく今日の朝餉の献立、トマト麺にしててよかったと思いましたよ」

運んでくれないんだったら、あたしが運べばいいんだよ、材料ごと。

＊＊＊＊

料理長さんと、話を聞いて手伝いに来てくれた料理番さんたち数人で、庭に出る。朝露で濡れた庭はつやつやしていて、松が綺麗な形を保って生えている。その下で秋桜や野菊が咲いているのがとっても雅だそれにしても広い。たぶん野外コンサート開いても問題ないくらい。ご飯を出す予定の八百人は普通に並べるんじゃないかな。

ころんたちに頼んで庭にある大きな石を積み上げて簡単なかまどをつくると、その上に麺つゆの入った大鍋を並べる。

水を張った鍋を用意し同じように石でつくった簡単なかまどの上に置くと、薪を入れる。そして花火に「大丈夫？」と聞いた。花火は退屈していたらしく、いきいきしている。

「それじゃあ、やるぞ」

「うんっ」

花火はぽんっと言う音を立てて、いくつにも分裂する。

たちまちトマトと猪肉、かつお節の混ざった甘酸っぱいいい匂いが立ちこめてきた。

料理番さんたちは机を並べて、その上に器を並べてくれる。どうにかこれで準備は整った。

あたしたちの立っている庭は廊下を挟んで、神様たちの宴が行われている広間の向かいだ。

すると襖が静かに開いた。

「おやおや、なんだい。りん。料理がぜんっぜん来ないからなにかあったんじゃないかと心配してたんだよぉ？」

ひょいっと広間から顔を覗かせて出てきてくれたのは、氷室姐さんだった。

やった、女の神様だ！

あたしは「おはようございまーす、今から麺を茹でますけど食べますか？」と笑いかけた。

「そりゃ食べるけど……巫女さんたちはどうしたんだい？」

「それが……」

あたしはひそひそと氷室姐さんにそっと耳打ちすると、呆れたように顔を歪めた。

「はあ……とぉきどき阿呆なことやってると思ったら、それまたしょうもないことをやるもんだねえ。あっきれた」

「そんなわけだから、ここで立ち食い状態で出そうかなと思うんですけど……これってあたし、神様たちをむっちゃ敵に回しますかねえ？」

だって。巫女さんたちに迷惑かけるわ、それでご飯出なければ出なければで癇癪起こすんでしょ。いくら偉いからってやっていいことと悪いことはあると思う。御先様は広間にいるかなとふと頭をよぎるけど、きっと巻き込まれるのを嫌がって、来ていないんじゃないかなと思う。またご飯を食べてくれないのかあ、とあたしはそっと溜息をつく。

あたしの提案に、「はあ～……」と氷室姐さんは溜息をついたあと、けたけたと笑った。

「女神連中は皆あんたの味方をするだろうさ。だから大丈夫。立ち食いなんて品がないとか言うやつは食わなきゃいいんだから問題はないさね。ご近所の海神様にもお声かけてくるからさ、ちょいとお待ちよ」

「わっ！　ありがとうございます！」

あたしはペコリと頭を下げた。

氷室姐さんは一旦座敷に引っ込んで、すぐに戻ってきた。その後ろにざわざわとこちらにやってくる影が見られた。皆色とりどりの着物を纏っていて、明らかに人間よりも美形に見える人たち。いや、女神様たちだ。

「おお、いい匂いがしていると思ったらそなただったか」

「海神様！」

氷室姐さんが連れてきた女神様たちの中には、海神様もいた。麺つゆの入った大鍋を眺めて、海神様はなんだかうきうきしている。

「これはいったいなんじゃ？」

「ええっと赤茄子麺を出そうと思うんです。出来立てじゃないと麺が伸びてしまいますから、すぐ運んでもらおうと思っていたんですが……」

「ああ、ああ……男衆がすまないことをしたな。でも安心せよ。女神はそんなことはせぬ故な。さて、並べばよいのだろうか」

「あっ、そうですね。あちらからです」

氷室姐さんが女神様たちに声をかけたときから、既に料理番さんたちがお椀の準備を整えてくれていた。女神様たちが並んでくれると、お椀にトマト麺が入れられ、それを見ながらあたしはトマトと肉の入ったつゆをあたためる。

　屋台形式だし、立ち食いだし、女神様たち怒るんじゃないかしらと思っていたけれど、女神様は柔軟な考えの人が多いらしい。最初は立ちながら食べるというのに驚いていたけれど、すぐに「おいしい」「おいしい」と食べはじめてくれたのには、正直ほっとした。

「やれやれ……いったいどうなるかと思ったけど」

　料理長さんは女神様たちが喜びながら麺をすすっている様を見ながらそっと言う。うん、本当はこれ、全部あたしがしないと駄目だったんだけどね。

「すみません、巻き込んじゃって」

「いやいや、これで巫女さんたちも遅刻したからと怒られることはないだろうさ。だがまあ……男神たちはどうなるんだろうねえ」

「そうっすねえ……」

　女神様たちは列をなして食べてくれているけれど、ここには男神様たちはひとりも来ていない。気まずいとでも思っているのかな。そう思うんだったら最初っからそんなことしなければいいのに。

　あたしが呆れていたら、「次」と麺担当の料理番さんに言われて「はい！」と麺の入った器につゆをたっぷりと注いだ。

　出汁の匂いが漂い、その中、きゃらきゃらとした女神様の声が響く。最初はどうなるかな、もしかして怒られるかなと思ったけれど、そんなことはなく、持って来たトマト麺は順調になくなっていく。

あたしはせっせと麺を茹でてくれている人から器を受け取り、つゆをたっぷりとかけている、そのときだった。

ズカズカと大股で歩く大きな足音が響いてきたのに、あたしは一瞬喉を「ひゅん」と鳴らした。漂ってくる冷ややかな空気は、機嫌が悪いときの御先様を思わせた。でもこの冷ややかさは、御先様のふてくされているときの比ではない。

「いったいなんの騒ぎかえ、この中庭のは……！」

そう怒鳴る声は、言葉こそあんまり穏やかではないものの、声色はやけに澄んで聞こえた。多分だけれど、この人は御先様が苦手な、格が上の神様なんだろうか。あたしはいきなり場を乱した神様を思わず凝視していた。

この神様、烏丸さんのような山伏風の格好をしている。顔全体に白粉を塗りたくってまっ白で、眉は麻呂眉、口にはおちょぼ口に紅を差している。平安貴族チックな姿はイケメンとはいえないはずなのに、顔の造形はびっくりするくらいに整っている。

あたしが呆気に取られていると、その神様はこちらに向かって怒鳴り散らしてきた。

「なんだ、料理番がこんな所で。勝手場を使うということを知らないのかえ!?」

そう言われることは予想していた。それにこれを勝手にやったのはあたしだ。全部あたしが責任を取る。料理長さんが神様に説明しようとする前に、あたしは声を張り上げて頭を下げた。

「すみませんっ！　朝餉当番はあたしですっ！」

「はあ？　貴様かえ？」

「はいっ！　朝餉に麺を出そうとしましたが運んでくださる方がいらっしゃらないので、このままだと伸びてしまうなと思いまして、それで中庭で料理させていただきました！　お騒がせしてすみませんっ！」

「ほう……料理を運ぶ巫女たちがおらなんだか？」

巫女さんたちに！　ちょっかいかけて足止めしてるのは！　お前らのほうだろうが！

あたしが今それを言うとこの神様の神経を逆撫でするだけだ。

あたしが思わず迷っている間に。

「蛇神殿。巫女殿たちが見当たらなんだで難儀しておったそうだ。神域で神隠しとは、穏やかではないな？」

そう言って助け船を出してくれたのは海神様だった。海神様……！　ありがとうございます！　内心ガッツポーズを取っているけれど、平安貴族改め蛇神様はちっとも許してくれる気配がない。

「貴様もずいぶんとはしたない真似をするな、海神。神聖な出雲の中庭で乱痴気騒ぎなど」

「貴公こそ、巫女殿たちを足止めしてどうするおつもりか？」

海の青に蛇の白。ふたつがバチンとぶつかって火花が散ったように見えた。美男美女が睨み合うと、美形がひとり怒っているとき以上に迫力がある……怖い怖い怖い……！

　これじゃあ、どうやって仲裁したらいいかわっかんないよ。あたしが思わず頭を抱えていると、氷室姐さんがちょいちょいとあたしを手招きしてきた。

「あの、氷室姐さん？」

「毎年毎年、蛇神は陰険なんだよ。若い女子が大好きだからね～」

「はあ……？　なんちゅー神様なんですかっ」

「まあ、蛇神に限らず、男神は人間の女子が好きなんだけどねえ」

なんだそりゃ。ナンパのほうが朝餉より大事なのか。ふざけるな。あたしが思わず頭に血が昇りそうになるのを、氷室姐さんは「まあまあ」と言う。

「まあ、御先様にするのと同じようなことと無視してればいいさね」

　氷室姐さんはあたしの心境はまるっと無視してカラカラと笑う。

「御先様と同じって……あたし、なにすればいいんでしょ？」

「美味い料理つくってれば問題はないさ」

「いやそうしてても現在進行形で、揉めてるんですけど……」

「まあ。あんなんいつものことだから。放っておけばいいよ」

　そうあっけらかんと言う氷室姐さんに、あたしは頭を抱えてしまう。海神様と蛇神様は今も目の前で揉めている。

　放っておけって、むっちゃ怖いし、嫌なんですけど……！

でも氷室姐さんはぴんっと人差し指を立てて、大鍋を指差す。ほとんどの料理番さんたちは呆気に取られた顔をして、海神様と蛇神様のいざこざを見守っているけれど、鬼の料理長さんはそれを無視して見物している女神様たちにお替わりの麺を出している。

「ご飯食べりゃ、落ち着くもんさ。んでもって、楽しめればいい」

「……ご飯を出して、神様を楽しませる……ってこと」

あたしはひとつ思いついた。ヒントをくれた氷室姐さんに頭を下げると、氷室姐さんは楽しげに笑っているだけだ。

あたしは神様たちのいがみ合いを無視してトマト麺を出している料理長さんに声をかけた。このいざこざの中でも女神様たちの相手をずっと続けていられたんだから、料理長さんも肝が据わっている。

「あのっ！　すみません！」

「ずいぶん大変なことになってるけれど、朝餉は全員分回りそうだよ」

「全員食べられるといいんですけど。男神様たち、まだ食べられてないみたいです」

「まあ、やったことがやったことだしなあ」

うん、でも。あたしは料理長さんに思いついたことを相談した。それを聞いて、料理長さんは少し驚いた顔をした。

「そりゃ、過去にも例はあるが」

「あったんですか！」

「まあなあ」

「じゃあ……！」

「……これは、私がふたりに言うべきだろうね」

そう言いながら、「皆様に料理を出してあげなさい」と言って、鍋を残して料理長さんがふたりの神様の間に立つ。

「申し訳ありません、おふたり。お話の最中に。少し、料理番と話をしました」

料理長さんが腰低くふたりの間に入るのを、あたしはトマト麺を取りに来た神様にお椀をひとつ渡しながらじっと見た。

「これではいつまでも平行線。どうでしょうか。ここで御前試合をなさいますのは。おふたりがそれぞれ選ぶ料理番で競い合わせるのです。料理の内容はおふたりが決めてくださいますれば。なに、ここにいます者たちは、皆が皆腕の立つものばかりです。存分に楽しめましょう」

いがみあっていた神様を黙らせるほど朗々とした声が響いた。途端に湧きあがるのは、楽しげな歓声。あたしから言い出したことではあるけど、これは御前試合って言う名の料理勝負なのだ。

それでも。試合の審査という形であったら、みんなが体裁を気にせずにご飯を食べられると思ったから。ご飯を食べられないって言うのは誰だってきついし。

蛇神様は料理長さんの言葉に心底嫌そうな顔をしたけれど、やがて溜息をついて、袖で口元を覆った。

「……食べられるものであろうな？　今朝の朝餉のような訳のわからないものではなく」

「それは失礼。……食べられないものを出すのが料理番の仕事ではありませんゆえに」

「ふん、勝手にすればいい……」

そう言ってぷいっとそっぽを向いて広間に引っ込んでしまった。庭に残った神様たちからは歓声があがる。

大変なことになったような気がするけれど、でも。

楽しいはずなんだ、きっと。

海神様が選んだ料理番は、あたしだった。神在月の宴に呼ばれた料理番で女はあたしだけだったから。思わず氷室姐さんに泣きついた。

「あの。あたしで大丈夫なんですか？　言い出したのはあたしなんですけど。さっきもあたしのせいでずいぶんと大事になってしまったのに……」

「男神が誰を選ぶのか、まだ聞いちゃいないけどねえ」

「あー……あたし、ひと晩しかここで料理つくってないんですよ。料理長さんとかうずらさんと勝負しろと言われたら、負ける気しかないんですけど」

「うーん、蛇神もひねくれてるからねえ……たしかに無茶苦茶料理のうまいやつ選んで、ひよっこのあんたをこてんぱんにするっつうのも考えられそうだけれど……でもそんなわかりやすい嫌がらせするかねえ……？」

蛇神様のその底意地の悪さはいったいなんなのだろう。

頭を抱えていると、男神様たちとあれやこれやと話をしていた料理長さんがやってきた。

「りん、男神のほうの料理番も決まった。お題も決まった。早速、準備をするように」

「あ、はい……！　えっと、どなたになりますか？」

「柊(ひいらぎ)だよ。この数十年、ずっと地獄から出向いて料理をつくっているやつなんだが」

「えっ、どの人ですか？」

「ほら」

料理長さんが指差した人は、蛇神様となにやら話をしていた。

獄卒出身と言えばうずらさんもだけれど、うずらさんはいかにも幽霊って出で立ちなのに対して、柊さんはずいぶんとすらっとした体躯で、短い髪で白い服を着た人だ。顔色もそこまで悪くない。数十年出雲に出向していると聞いたけれど、見た目は二十代後半に見える。あたしは思わず「ほぉー……」と唸った。

うずらさんは懐石料理専門の人だけれど、あの人はいったいどんな料理をつくる人なんだろうと、不安だけどちょっぴりわくわくしている自分がいる。あたしが思わずウキウキしているのに、料理長さんが苦笑しながら続けた。

「お題は、今の時期ぴったりの鮭で一品つくることだ」

「鮭……ですか」

「やれそうか？　一匹まるまる使っての一品だ」

「……頑張ります。試合の日は？」

「十日後の朝になる」

「……わかりました」

それから料理長さんは簡単にルールを説明してくれた。

お題は鮭を使ったひと品。審査員は公正を期すようにと、男神ふたり、女神ふたり、料理番ひとりだと言う。判定は料理を先攻後攻に分かれて出して、審議をする。話し合いが平行線のままなら多数決で決着と。シンプルでわかりやすい。朝ってことは、その前の日の夜は普通に皆で宴のご飯をつくるってわけね。

朝餉や宴の料理づくりもあるけれどこの十日の間にどんな料理をつくるかを、考えないといけない。

その前に、御先様に許可をもらわないといけないな。成り行きとはいえ、御先様の神域で料理番をしているあたしが代表になるわけだから。

騒々しく朝餉の片付けを済ませたあと花火やころんたちにトマト麺を賄いとしてあげ、あたしは急いで御先様を探した。

中庭にいないかと必死で探し回ったところ、綺麗に刈られた中木に紫色の実がぽつんぽつんとなっている場所に出た。御先様は白い髪をなびかせてその木を眺めていた。

「御先様……！」

声をかけると、いつもの感情の読めない顔で、こちらのほうに振り返る。

「そちか。何用だ？」

「御前試合に、参加したいんですが……！」

「話が見えぬ」

「ええっと……」

どこから話せばいいのかな……。あたしは背筋をピンと伸ばす。

「あー、今朝、巫女さんが男神様にナン……足止めされて揉めたっていうのは、御先様はご存知ですか……？」

「ああ……」

御先様がまっ白な眼差しで、じぃーっとあたしを見る。そこにどんな感情が込められているのかは、全然読めない。

「あったようだな、そんなことも」

「やっぱりご存知だったんですね。まあ、そのあとも、いろいろあったんですよ。蛇神様と海神様が揉めに揉めてしまいまして。その場を収めるために、御前試合をすることになったんです。蛇神様と海神様と、それぞれ代表の料理番を出して」

「……なんと」

その驚いたリアクションを見て、さすがにあたしが言い出したとは言えなくなった。

あたしがあたふたしているのに、御先様は「ふん」と鼻で笑った。……まあ、そうだよね。この人、あたしのことはあくまで子供にしか見てないもの。

思わずうつむいてしまったら、御先様が口を開いた。

「せいぜい励め」

「えっと、それって……」

つまりは、参加してもいいって、ことよね？

短くそれだけを言い置いて、御先様はさっさといなくなってしまった。まっ白な髪が揺れているのだけが見える。あたしはそのまっ白な姿に頭を下げる。

「ありがとうございます！　精一杯頑張ります。御先様に恥はかかせませんので……！」

まずは許可はもらえた。そのことにほっとし、十日間のうちにどんな準備ができるんだろうと、頭を切り替えることにした。

第四章

御前試合の日程が決まっても、神在月の宴は続いている。今日も宴までにひとりで頑張って米を洗ってはたらいで運び、ご飯を炊いたあとは、うずらさんや料理長さんの仕事の手伝いをしている。

全部が終わったら賄いを食べ、倉庫にある食材を見てうんうんと悩みながら朝餉のメニューを考え、段取りを済ませる。それを終えてからはじめて御前試合の内容を考えることができる。結構ハードだ。そして実はこっそり毎食後、御先様に膳を届けている。そんな手の込んだものはつくれないけど。本当に手のかかる神様だ。

自分でまいた種だけど、騒ぎを起こしたことでいいこともあった。

「すみません、次の鉢ですが……あ、りんさん、今回の魚は？」

「うん、今日はさんま」

「そうなんですね……ありがとうございます」

巫女のひとりである椿(つばき)さんと、仕事の合間に話をすることが増えたのだ。男神様たちにナンパされて困り果てていた巫女さんのひとりで、あたしと同い年だ。

同い年の女子なんてうちの神域にはいないし、嬉しくって、彼女とは親しくさせてもらっている。あたしもガールズトークというものに飢えていたんだなあ。

この数日は、宴が終わってからの賄いは巫女さんたちの場所で食べさせてもらうことができるようになった。彼女たちの賄いは別で用意されるから、あたしのとはちがうんだけれど。

今日の残り物でつくったおにぎりを食べながら、あれこれと話をする。

「そういえば……巫女さんたちは皆さん出雲の方ですか？」

「ああ、私は元々、巫女のバイト募集で来たんですけれど、まさか神様の接待役とは思っていませんでした。ひと月住み込み巫女バイトって、奉仕活動って言うんですけどね。バイト代も、奉仕料です。ひと月住み込みバイトって名目で募集がかかっていたんですよ」

そんな募集の仕方でいいの？　あたしは思わず自分がはじめて神域に来たときのことを思い浮かべて遠い目をした。あたしみたいにのっぴきならない事情で神隠しに遭うよりは、巫女さんたちは合意があるぶんだけマシなような気もする。

あたしが神隠しされて神域に連れてこられたと言ったら、椿さんに目を剥かれてしまった。

「え……じゃあ、ずっと神域にいるんですか……？」

「いやいやいや、そこまで驚かなくっても……でも、椿さんたちは、ちがうんですか？」

「私たちは、神在月の期間中だけの予定ですから」

へえーと頷くと、椿さんは普通のことのように続ける。

「ええ、でも私。実家の手伝いもありますから、アルバイト期間の間も定期的に現世に帰ってるんです」

「ええー……？」

ええ……そんなに簡単に現世と行き来できるの!? 出雲の神域と、御先様の神域では、またルールがちがうのかな？ ああん、もう。相変わらず神域のルールってば訳がわかんないっ！ 思わず頭を掻きむしりたくなるのをぐっと堪える。しばらく混乱したけれど、考えても無駄だ。そしてあたしは少し気になった、椿さんの「家の手伝い」について聞いてみることにした。

「お家は忙しいんですか？」

「うーん、逆なんですよ。うち、民宿をやってるんですけれど、このところ閑古鳥が鳴いているような状況でして。民宿の儲けだけだったら生活が大変になってきちゃって。だからアルバイトをしているんです。……出稼ぎっていうんでしょうかねえ、こういうのは」

そう言って笑う椿さん。それは大変そうだ。

でも、あれ……？ あたしは思わず首を捻る。

「でも……出雲って言ったら、観光名所だし、どこの宿も今の時期は特に満室だと思ってたんですけど……？」

あっちこっちに神社があって旧暦の神在月は観光のハイシーズンなはずだ。

あたしの指摘に、椿さんは困ったように首を振る。

「そのとおりなんです。だから全然わからないいんです。今年に入って、本当に突然だったんですから」

「あたし……、ちょっとだけ聖地巡礼ブームを地元で起こそうってやったことがあったんです。うちの地元の神社は本当に干からびてて大変だったんですけど……出雲ってそんなことをしなくっても人が来そうな印象でした」

御先様への信仰を取り戻すために、あたしはしばらく現世に戻っていたことがある。御先様の祀られた神社で祭りをするためだ。なかなかうまくいかなくて困っていたんだけど、御先様の神社を舞台にした童話が評判になって、神社に人が集まるようになったのだ。

「それ……！」

あたしが懐かしんでいると、椿さんは目を見開いてこっちを見た。えっ、なに。椿さんはおにぎりを食べ終えたあたしの手をぎゅっと握ってきた。

「お願いです！　ちょっとうちの民宿を見に来てくれませんか⁉　本当にいきなり人が来なくなって、それどころか予約のキャンセルまで続くようになってしまって、原因がわからなくって困ってたんです……！」

「え……でも」

「一緒にアルバイトしている人たちにも話しましたけど『どう考えてもそれってありえない』って言われて首を捻られるだけで終わってしまって……他に相談できる人もいなかったんですけど……りんさんだったら、私と違って神様にも知り合いが多そうだし、解決する方法も思いつきそうで‼」

「う、うう……」

椿さんの必死さを見ると、断ることはできない。それに気持ちは痛いほどわかる。原因不明で閑古鳥が鳴くなんて、由々しき事態だもの。

でもなあ……。あたしのできることなんて、せいぜい料理くらいで、聖地巡礼だって町起こしだって、あたしだけの力でできたことでは決してない。あれだって半年くらい時間がかかった。

出雲にいられるのはひと月くらいだし、その間に解決できることだったらいいんだけどなあ……。

「うーん……あたしがどれだけ力になれるかはわからないんですけど。椿さん家の様子を見に行って、そういうことに詳しい神様に相談することとかは、もしかしたらできると思いますが。一発で解決って訳にはいかないと思いますけど、それでもいいですか？」

あたしの言葉に、椿さんは手をポンと合わせて頷いた。

「ありがとうございます！　どうぞよろしくお願いします！」

あんまり嬉しそうに頷くものだから、あたしは困った顔で笑うことしかできなかった。

それにしても。観光地で閑古鳥って、いったいどういうことなんだろうなあ。

＊＊＊＊

島根県は出雲。他では神無月と呼ばれる十月は、ここでは神在月と呼ばれる。旧暦の十月になると神様が一堂に集まるので各所で祭りが行われる。

　あたしはもぞもぞと割烹着を脱いで、スウェットにジーンズという出で立ちになる。普段着らしいワンピースに着替えた椿さんに案内されて、神域を歩いていく。

「あの……誰かに連れて行ってもらわなくっても、大丈夫なんですか？　その、人間だけで帰っても大丈夫なんですか？」

　あたしがおろおろしながら言うと、逆に椿さんに目を見開かれてしまった。

「私たちは自由に帰れるんですが……りんさんはちがうんですか？」

「あたしひとりじゃ帰れませんもん」

「えっ……それって誘拐では」

「最初は完全にそうでしたけど……今は自主的にです！」

「ええ……？」

　驚きたいのはこっちのほうだ。あたしが現世に戻ると言い出したときは本当に大変だったんだから。

　あたしは椿さんのほうを見てそう言おうとすると首からなにかをぷらんと提げているのが見えた。木でできたそれは、神社によくかかっている絵馬にも似ている。

「あのう、それは？」

「神域の通行手形になります。私たちアルバイトの巫女には配られているんですよ。これがなくなったら出雲の神域への出入りができなくなるから、失くさないようにって、きつく言われてます」

そんなものがあるんだ。巫女さんたちを集めて奉仕活動させるにしても、いろいろあるんだな。

彼女に案内されて、出雲の御殿を出ていく。あたしが出雲に来たときに入ってきた入り口ではなく、裏口のようなところから出ていくらしい。

御先様の神域と同じように御殿を少し離れたら、神域と現世の境になるまっ白な空間がある。いつも烏丸さんに摑まって飛んで通っていた境を歩いてとおる。

あたしが振り返ったときには、そこは淡かった空の色ではなく、くっきりとした秋の青空が広がっていて驚いた。ここは現世の神社の裏側らしい。御先様の神社、豊岡神社とは比べ物にならないくらい大きい。

「私たちは、ここの神社に、ひと月泊りこみでバイトをしていることになっているんですよ。実際は神域に行っているんですけどね」

「ああ、そういうことになってるんですね……そりゃ誰も信じませんもんね」

神社の裏側からそっと抜け出すと、街道へと出る。

修学旅行とかでも出雲には全然縁がなくって行ったことがなかったけれど、なぜか懐かしい雰囲気のする町並みが広がっていた。

和風なつくりの店舗が並び、街路樹の松がぽつんぽつんと生えている。お土産として和小物だったり、小豆を使ったお菓子だったりが売っている。

あたしが「うわあ……」と言いながらキョロキョロしていると、椿さんは苦笑していた。

「そんなに珍しいですか」

「いやあ……あたしの地元の商店街も、同じような古い町並みでしたけど、もっとしみったれた雰囲気で、こんなに立派じゃないです」

「立派かどうかはわからないですけど……観光地ですからね、昔からの商家の町並みをそのまま保存している場所が多いんですよ。そのほうが観光客のウケがいいですし」

「なるほど……」

それにしても。若い女の人が多いなあ。

あたしがちらちらと観光しているらしい女の人たちを眺めていたら、椿さんは「ああ」と教えてくれた。

「ふふ、出雲には一年中たくさんの女性たちが訪れるんですよ。出雲にはヤマタノオロチ伝説もありますから」

「あ、それはちょっとだけ聞いたことがあります。素戔嗚（すさのお）さんがヤマタノオロチを酔っぱらわせて退治したっていうのは」

どこかのマンガで読んだのを覚えている。たしか無茶苦茶大きな蛇を倒すために、酒樽を持ってきて酔っぱらわせて寝ている間に倒したって話だったたと思う。私の反応を見て椿さんは笑う。

「はい。そのときに素戔嗚尊は救った稲田姫と結婚しました。その伝説もありまして、出雲には縁結び……恋愛成就祈願で訪れる女性が多いんですよ」

「あー……それで!!」

「神在祭のときは、もっと人が多いですよ。神様が出雲に集まるのでその効果が倍増すると言われています」

「あ、あれ？　神在祭って今やってるやつだとばかり」

「現世では、開催期間は一週間前後ともっと短いですね。神域とは勝手がちがうみたいです。ちなみに神域は旧暦なので、今十月ですけど、現世は新暦なので今、もう十一月ですよ」

なるほど。神域のルールやしきたりも、現世の常識やルールが通じない部分が多い。

「そういえば、りんさんは宴のとき以外に、神様がなにをなさってるかご存じですか？」

「いいえ……全国の神様が大体参加してるくらいしか知らないんですが」

御先様がいやいやながらも参加している理由は、あたしも知らないんだよなあ。それに椿さんは答えてくれる。

「元々、神在月は、出雲に日本の神様が集合して、来年の人間の縁について相談する会議をするんですよ。恋愛だけじゃなく、仕事やお金の縁もですね」

ああ……。神様が対価を払うことで願い事を叶えてくれることは知っていたけど、出雲でそんなことの協議をしていたのは全然知らなかった。

でも……そんな大きな会議で、あたしが出した料理を偉い神様も食べているのかなあ。

私が首を捻っていたら椿さんは困り眉になる。

「私もどの神様がどんな立場の方かはわかりません。そもそも、ここでは真名を名乗りませんから、本当はどんな神様なのかはわかりませんし」

「ああ……そっか。あたしたちも真名を名乗るなって言われてますしね」

うーん、どの神様が日本神話に出てくる神様なのかはわからないままか。まあ、あたしたち人間には知る方法なんてないもんねえ。

あ、そういえば。

「そういえば、偉い神様がどの人かはともかく、椿さんたちの賄いって誰がつくってるんですか？」

「あっはい。それは奥の会議に出しているものの残りだと聞きました」

なるほどー。あたしは妙に感心してしまった。

偉い神様は出雲のどこかにいて、あたしたちが料理を出している神様たちとは別に会議をしているらしい。

本当に「神のみぞ知る」なんだな。

「それにしても、椿さん無茶苦茶詳しいですねえ、神様の話。あたし、神域に結構長いこといますけど、そのあたりの話は全然わからないです」

「ふふ、私の場合は商売柄ですよ。出雲に来るお客さんに聞かれることも多いですから。

ほら、観光旅行って、その土地の歴史やしきたりを知らなかったら、ただおいしい物食べて、買い物するだけで終わっちゃいませんか？　それだけだともったいないですから」

「あー……あたし、あんまり旅行したことはないですけれど、なんとなくわかります」

食以外に興味のないあたしにとって、どこかに遠出するイコールその土地のご飯を食べることだ。出雲って土地には縁結びに通じる伝説があるってことだって、椿さんから教えられるまで知らなかったんだから。

それにしても。あたしはちらちらと辺りを見回す。

人が多い。それで椿さん家の民宿に人が来ないっていうのはどういうことなんだろう。

そもそも、神域とはいえど今は出雲に神様がたくさんいる。現世での出来事はダイレクトに神域に伝わるはずだし、逆に神域での出来事だって現世に影響を及ぼす。椿さんの家だって、当然恩恵があるはずなのに、椿さんの家だけ恩恵が全くないっていうのは、はっきし言って変な話だ。

そうこう考えている間に、椿さんは「そこの角を曲がった先です」と言って、大通りを曲がった。お土産屋さんの並ぶ通りを離れて、少し静かな道に入る。この辺りも観光客向けなのか、建て替え工事をしようにも民家が密集しているからやりにくいのか、古めかしい民家が並んでいる。

外灯すらもまばらな道を、椿さんに付いて歩いていくと、「ここです」と椿さんが指を差した。どれどれ……と思いながらそこを見上げて、あたしはますます首を傾げてしまった。

　そこには【民宿：風花堂】と看板が出ている。古民家を改装したようで、昔ながらの瓦屋根で、しっかりとした日本家屋。かかっている看板も飴色で趣きがあるし、とても素敵だ。なんでこの民宿が閑古鳥が鳴いている状態になってしまうのかわからない。

「古いでしょう？　昔、旅籠だったところを、私のひいおじいちゃんが買い取って民宿にしたんですよ。ひいおじいちゃんはもう亡くなりましたけどね」

「いや、すごく素敵です！　ここなら、出雲にある神社巡りするのにも立地がいいですし、むしろどうしてって思います」

　椿さんはその言葉に「ありがとうございます」とひと言言って裏口から「どうぞ」と言いながら入れてくれた。あたしは「お邪魔しまーす」と中に入った。裏は住宅スペースになっているらしい。

　中からは椿さんのお母さんらしい人がひょっこりと出てきた。小袖に前掛けをした、上品な人だ。

「あら、木春。泊りのアルバイトなのに、また戻ってきてくれたの？　あら……アルバイト先のお友達？」

「お母さん、ただいまー。こちら、厨房担当のりんさんです」

「あ、はい。こんにちはー」

　椿さんに紹介されて、あたしが慌ててペコリと頭を下げると、椿さんのお母さんは「なにもないところですけど」と言いながら頭を下げてくれた。

それにしても。ぱっと目を走らせ、住宅スペースのほうだけ見ても、ここは相当綺麗にしている民宿だとわかる。古い家は隙間が多い。だから、掃除をするときには掃除機だけでなく、箒で掃いたあとに雑巾がけしないと、どうしても隅っこに埃が溜まる。それなのに埃がひとつもないのだ。

椿さんに案内される形で、住宅スペースから宿のほうに移動する……そのとき。

ゾクリ……といきなり全身に鳥肌が立ち、あたしは思わず両腕で自分の肩を抱いた。あたしの様子が伝わったのか、椿さんは驚いたように振り返った。

「あの、りんさん……？」

「ええっと……椿さん。ここ、寒くないですか？」

「え、ちょっと待ってください。空調確認してきますから」

椿さんは慌てて空調を確認しに一度裏に戻っていったけれど、すぐに戻ってきた。

「すみません、空調はどこもおかしくなかったです」

「ええ……」

おかしいな、外にいるときはそこまで寒いと思わなかったのに。さっきだってスウェットとジーンズで歩き回れる程度だったんだから。そもそも住宅スペースのほうは、寒くなかったじゃないか。

でもおかしいなあ……、この感覚をどこかで感じたような気がする。あたしは寒さに歯を鳴らしながら辺りを見回す。

民宿の玄関まで案内してもらう。そこには毎日花を活（い）け直しているんだろう。秋らしく竜胆（りんどう）を中心に艶やかな季節の花が活けられている。部屋に続く廊下も住宅スペースと同じく隙がなくピカピカ光っている。玄関の下駄箱付近には、陶器のお皿や壺が飾られていて洒落ている。

　これでお客さんが全然入らないなんて。あたしはなおもあちこちと視線を送ると。

ピチャン。いきなりうなじを冷たいものが撫で、あたしはとうとう悲鳴を上げた。

「ギャッ!?」

「あの……りんさん!?」

「な、なんか今、あたしの首が冷たくって……!」

「ちょっと待ってください……」

　椿さんはあたしのうなじを確認して、慌ててタオルを持ってきてくれた。そして天井を困った顔で見上げている。

「空調はなんともないはずなんですけど……どこから水が降って来たんでしょうか。なんだかごめんなさい」

「いえ、大丈夫です……本当どこからでしょうねえ」

　タオルで拭いてからまた宿の中を見て回る。その途中、何故かあたしだけ怪現象に見舞われてしまった。

いきなり階段をつるっと滑ってコケそうになったり、水なんてない場所で何度も水が首筋に落ちてきたり。出雲ではこのところ晴天続きで、雨漏りなんてありえないらしいのに。でも。何故か椿さんにも、椿さんのご家族にもなにも起こっていないのだ。

　でもこれでわかったような気がした。ここには得体の知れないなにかがいて、あたしを追い出そうと攻撃しているんだと。

　ようやく椿さんと民宿を出たときには、あたしはぐったりとしてしまった。

　椿さんからは何度も申し訳なさげに謝られてしまう。

「ごめんなさい、まさかうちの宿。呪われていたなんて」

「いや、ちょっと待ってくださいよ。そうと決まったわけじゃないですよ」

「でも……」

「そもそもあたしが追い出されそうになっていただけで、椿さんはなんともないじゃないですか。椿さんだけじゃなくって、椿さんのご家族も、何もありませんでしたし！」

　椿さんが縮こまりそうなくらい恐縮しているのを見て、あたしは慌てて元気いっぱいに振る舞う。

　でもなにもない場所から水を垂らされたり、転ばされたり、いったい全体あれはなんだったんだ？　神域に戻りながらうんうんと考えていると、そういえば……と気が付いた。

　さっき感じた鳥肌が立つほどの寒い感覚。

　ずっと神域にいたからすっかり慣れちゃって忘れてた。あれって、現世から神域に足を踏み入れるときの感覚に似ていたんだ。

＊＊＊＊

ふたりでもと来た道を通って神域に戻ると、あたしは宴の準備に、椿さんは宴の給仕のために別れた。あたしは釜をかまどに設置しながら、「んー……」と今日現世で見てきた出来事について考えていた。

「りん、どうしたんだい。かんがえごとか？」

花火が考え事しているあたしに声をかけてくれて、「あっ」と思って聞いてみる。

「うーんとさ。ちょっと今日、椿さんと現世に出かけてたんだけれど。……椿さんの家が不思議なことになっていたんだよ」

「ふしぎなこと？」

「うん。現世で会ったことは神域に影響を及ぼすし、逆に神域の影響は現世に影響あるよね？」

あたしの問いに「うーんと」と花火はマイペースに口を開く。

「そりゃあるぞ。かみはたいかのことについてはきびしいからな」

「そういえば……対価を支払えなかったら燃やすとかって、前にも言ってたよね。花火も」

「いったぞー。たいかをしはらえなかったら、それがげんいんでしぬことだってあるんだからな」

「うん……聞くとね、椿さん家は商売してるのもあって、毎日神棚にお供えもしてるし、牛神様にお参りも奉納もしてるんだって。それなのにどうしてだろう？」

「うーんと」

花火は火花をパチパチさせながら、釜にカタカタと音を立てさせる。

「たぶんそういうのは、おれよりもみさきさまのがくわしいとおもうなあ」

「……そうかな？　ねえ、花火。これも出雲の神様が意地が悪いっていうのとおんなじだと思う？」

「うーん、かんけいあるのかもしれないし、ないのかもしれない」

「そっかあ……」

あたしが腕を組んで唸っていると。

「りん、そろそろご飯を運ぶぞ。火の神と無駄口叩くのはいいが、米の面倒は見られているか!?」

料理長さんから怒鳴り声が飛んだ。あたしはそれに大声で返した。

「はい！　すぐに！」

考えるのはご飯の準備を終わらせてからだ。あたしは炊き上がった釜から順番にふたを取って、ぐるっと杓子でかき混ぜる。今日も米はつやつやぴかぴかだし、いい粘りが出ている。

勝手場でかまどの釜とさんざん格闘したあと、あたしは花火や米運びを手伝ってくれたころんに賄いとして太刀魚のしそ焼きを挟んだおにぎりをつくった。そしてあたしは膳を出すため、御先様を探しに廊下に出た。

相変わらず、宴が行われている広間のほうからは琴の音が響いている。あたしにはその琴の音色の価値は全然わからないけれど、飲みながらでも弾けるものなのかな。そんなことを思っていたら、中庭に植えられている松の間から、まっ白な姿が目に入った。

今晩も御先様は庭を見て回っていたらしい。

そういえば、御先様は季節の花が好きだった。春は桜を眺めているし、夏は朝顔。御先様の神域にいるときほどあちこち歩き回ってないからわからないけれど、探せば桔梗や彼岸花だって咲いているのかもしれない。

「御先様、こんばんは」

あたしの声で、白い髪が少しだけ揺れた。こちらのほうに御先様はちらりと顔を向ける。

「……そちか」

「はい、今晩も食事はまだですか？」

「いきなり食事の話か」

「そりゃいつものことなんですけど……」

あたしは花火が御先様が現世と神域の話に詳しいと言っていたのを思い出す。

「あー、ちょっと相談したいことがあるんですが、よろしいでしょうか？」

「また面倒なことにでも首を突っ込んだか」

うっ。御先様の短い指摘で、あたしは言葉を詰まらせる。

そこまであたし、問題児扱いされていたのか。まあ、やらかしている自覚はあるもんなあ……。あたしは頬をカリカリと人差し指で掻きつつ、御先様のほうを見た。

今日の御先様は、ピリピリはしてないみたいだ。落ち着いている。そのことに心底ほっとしていたら、御先様はようやく廊下のほうへと上がってきてくれた。

「それで、食事は？」

「あ、すぐお持ちしますんで……！」

あたしはペコッと頭を下げると、勝手場のほうへ戻った。

ご飯を塩を付けた手で握り、太刀魚のしそ焼きを皿に載せる。

おにぎり、太刀魚のしそ焼き。

また賄いご飯になってしまったのを申し訳なく思いつつ、あたしはそれらを膳に載せて慌てて御先様の元へと戻った。

広い廊下には、相変わらず人がいない。

ちょうど勝手場と料理番の寝所を繋ぐ渡り廊下だけれど、廊下を通らずにそのまま庭を突っ切って寝所のスペースに行ったほうが早い。皆、庭のほうから行ってしまうから、この廊下は綺麗に磨かれているけれど誰も使わないようだ。

すすきが柔らかく風に揺れているのを横目に、御先様がいつもの調子で綺麗に太刀魚を箸で切っているのを正座して眺める。

「あの、ですね」

「なんだ」

「……ええっと、対価はその食事でよろしいでしょうか？　もし足りないんだったら、兄ちゃん探してきてお酒持ってきます」

「かまわん。話せ」

「あ、ありがとうございます」

思っているよりもあっさりと聞いてくれたのにほっとしつつ、昼間に出かけた椿さんの実家の民宿の話をしてみた。

しゃべってみればしゃべってみるほどに、妙な話だった。

あたしの話が終わるのと同時に、御先様は箸を膳に置いた。

「……ふむ、悪くはなかった」

「あ、ありがとうございます」

あたしがぺこりと手を突いて礼を言ったら、御先様は言葉を続ける。

「宿は、できてからどれくらいか？」

思っていたのとはちがった質問をされて、あたしは面食らいながら、昼間に椿さんと話していたことを思い返す。

「何年とかは聞いてないですけど……ひいおじいさんの代から民宿をしているって言って

いました。建物自体は、古民家を買い取ってリフォーム……改築して使っていると」

「ふむ」

「家の人たちには危害が加えられなくて、あたしだけ、なんかいきなり水かけられたり、階段から落ちそうになったりしたんです。幽霊でもいるんじゃないかって思いましたよ」

御先様は顎をすこしだけさすりつつ、中庭のすすきのほうを眺めた。すすきが揺れているのを眺めながら、御先様は独り言のようにぽつんと漏らす。

「……厄介なときに生まれたものだな、それも」

「はい？」

全然意味がわからない感想に、あたしは首を捻った。

「その宿に付喪神が生まれたのが、原因であろう」

「付喪神って……」

烏丸さんと一緒に、市に出かけて付喪神と物々交換したことをふと思い出す。

ひいおじいさんの代から民宿をやってるって言っていたから、宿の中には百年くらい使っている古いものだって探せばあるのかもしれない。でも付喪神が生まれたのだ原因って、なんで。

あたしが首を捻っていたら、御先様が言葉を続ける。

「対価を持っておらず支払えぬような付喪神のいる宿には加護はかからぬ」

対価が払えないような付喪神がいる家は、どんなに神頼みをしても、蔑ろにされるということなの。そんな理不尽な。思わずあたしは頭を抱えてしまう。

「……対価の支払えない付喪神って、どうすりゃいいんでしょう？」

「追い払うなりしない限りは、その宿に客足は戻らぬ」

「そんな無茶苦茶な……」

烏丸さんは昔は付喪神を追い払っていたという話はしていたと思うけれど、それはあくまで昔の話のはずだ。それを今しろって、そんな。

「そういう風にできておる……付喪神は道を外せば妖怪にもなり得るものだからな」

「で、でも……！　生まれた付喪神はなにも悪くないですよ。それなのに追い出すって、可哀想じゃないですか⁉」

あたしの悲鳴じみた声にも、御先様は冷や水をかけるような言葉を放つ。

「しかし、その巫女は今、困っているのであろう」

「……そうなんですけれど」

椿さんも、会ったばかりのあたしに相談しちゃうくらいに困り果てていたのは事実だ。でも、神様の一方的な理屈が原因で、追い出すって、なんだか暴力的な解決方法に思える。

あたしが喉の奥でふがふがしていたら、御先様が溜息をついた。

「付喪神を助けたいと言うのか」

「あ、あたし。別にそんなつもりは……」

「あとのことは烏丸にでも頼れ」

それだけ言い残して、そのまま膳を置いて背を向けてしまった。

「烏丸さんに頼れって……そもそも烏丸さんはここにはいないじゃないですかぁ……！」

御先様はその言葉には答えずに去って行ってしまった。あたしは膝をついて姿が見えなくなるまで頭を下げる。

相変わらず、優しいのか、そうじゃないのか……。でも原因はわかったし、烏丸さんに頼れば解決できるってことなんだよなあ。でも御先様の神域で留守番やっている烏丸さんに頼るって、どうすればいいんだろう……。

仕方なく、膳を片付けに勝手場に戻る。残って明日の宴の料理の下ごしらえをしている料理番さんがひとり。料理番の柊さんだ。

あたしと料理対決することになっている。

柊さんは真剣な顔つきで、たくさんの干しきのこや野菜を入れた大鍋をとろ火にかけ、アクをすくっていた。たっぷり浮き上がったアクは、素材の持つ生命力の証だ。

あたしがまじまじと見ていることに気付いたのか、柊さんのほうがひょいと視線をあげた。

「ん？　なんだ、神様との逢引きは終わったのかい？」

料理人さんの中には、あたしが御先様に賄いご飯を出していることに気付いている人もいるみたいだけど、皆見ないふりしてくれている。材料が余ったり廃棄処分したりするよりはましって考えらしい。

柊さんの軽口にあたしは思わず眉を寄せる。この人、思った以上に軽い人だなあ……それはさておき、聞きたいことを思い出す。

「……あの、あたしの元いた神域に連絡を取りたいんですけど……それってできるんですか？」

「あー、文かい。それは普通に飛脚を頼めば出せるだよ。宿舎より東のほうに出たところにあるさ」

なんだ、本当に普通に頼めばなんとかなるんだ。でも飛脚って、歩きだったような気がしたけれど、大丈夫なのかなあ？

首を捻りつつも、あたしは柊さんにお礼を言ってから、釜を漁ってご飯をおにぎりにすると、それを持って一旦料理番の部屋に戻る。

自分の荷物から手帳を引っ張り出してきて、空きページを破り、早速烏丸さんに手紙を書く。それを折り畳むと、柊さんが教えてくれた飛脚のいる場所に向かった。

そこでは蛙の姿をした付喪神が何匹もスタンバイしていた。なるほど……飛脚をするのを対価に、宴に来てるんだなあ。

そう納得してから、「すみませーん、飛脚頼みたいんですけれどー」と声をかけた。

「かしこまりました。どちらの神域まで？」

「えっと、御先様の神域までなんですが……できますか？」

「かしこまりました。荷物をどうぞ。あと対価を」

あたしが手紙と一緒におにぎりを差し出すと、蛙のような付喪神はそれを風呂敷に包んで、ぺこりとこちらに頭を下げた。

「それでは、たしかにお預かりしました」

そのままピョーンと跳んで消えてしまったのに、思わず呆気に取られてしまう。

こんなに簡単に連絡って取れるもんだったんだ。メールもネットも使えない神域。あたしにとっては蛙の飛脚便は画期的過ぎるものだった。

＊＊＊＊

次の日も朝餉を出し終え、賄いを済ませたところで、「りんさーん」とピョーンと蛙の飛脚がやってきた。

「文を預かってまいりました」

早い。昨日送ったのに、もう返事が来るなんて。現世の郵便よりも早い。

あたしが感心していたら、飛脚は文を置いて、ペコンと頭を下げてまた跳んでいなくなる。

早速読んでみる。手紙は、筆で書かれているけれど、古文みたいな文章ではなく、あたしでも読めるように書いてくれている。

【今日の正午にでもそちらに向かう　出雲の椿の民宿の前で落ち合おう　烏丸】

烏丸さん、御先様の社の管理とかで大変だろうに。でも御先様もどうして烏丸さんに頼れって助言したんだろう。

あたしは椿さんを捕まえに巫女さんたちの休憩室へと向かう。

「あのう、椿さんはいますかー？」

ひょっこりと顔を出したら、畳の部屋の座布団に座って、給仕を終えた巫女さんたちがお茶をすすっていた。ここに煎餅でもあったらパリパリ食べていそうな雰囲気だ。

すぐに椿さんが気付いて立ち上がり、私のほうに来てくれる。

「りんさん！　昨日は本当に無茶言いました。ありがとうございました！」

「いえいえ。それよりも早速昨日のことを相談してみたら、人を派遣してもらえることになりまして……ええっと、今日も現世に戻れますか？」

「ええ！　ありがとうございます！　まだ宴の準備にまで時間もありますし、行きましょう」

ふたりとも一旦私服に着替えて、宴の準備までそのまま現世へと出ることになった。

一応御先様から聞いた説明をしてみた。椿さんは自分の家に現れた付喪神に心当たりがないらしく、困ったように眉を寄せてしまう。

「たしかにうちは、あんまり物を捨てない家ですので、骨董品とかは多いとは思いますけど……でも付喪神って、古い物ならなんでも付喪神になるものなんでしょうか……？」

「うーん、そういえば」

たしかに付喪神になる条件が古いことだけなら古都にあるものはあらかた付喪神にならないといけないだろうし。でもそんなに付喪神は、いっぱいいるものなのだろうか。

懐かしい雰囲気の道を眺めながら、昨日も歩いた路地へと曲がったとき。見慣れた姿が見えた。あたしは軽く手を振り、椿さんは驚いたような顔をしてあたしの後ろへと隠れてしまった。

いくら古民家が並んでいる道だとしても、修験服を着ている烏の羽を生やした人が立っていたら、普通は回れ右したくもなるだろう。でも烏丸さんは、現世では皆が皆見えるわけではないらしい。椿さんは神域で働いているから見えるのだろう。

「烏丸さん！」

「おお、りん。お前さん、元気そうだな。そちらが手紙に書いていた椿かい？」

「はい。あ、椿さん。この人はあたしがお世話になってる神域の社の管理をしている烏丸さん。今は留守番なの」

「あ……りんさんが言ってた頼りになる人、なんですね……椿です。はじめまして」

少し安心してくれたのか、ようやく椿さんはあたしの後ろから出てきて、烏丸さんにペコリと頭を下げた。その様に、烏丸さんはいつもの調子で笑う。

「すまんなあ、驚かせるつもりはなかったんだが。それに長時間飛んだから少々くたびれたな」

「くたびれたって……もしかして、神域からじゃなくって、豊岡神社から出雲までわざわざ飛んできてくれたんですか？」

「あの人も本当に人使いが荒いよ」

本来なら烏丸さんは御先様のお使いなので、現世では御先様の神社とその氏子の周辺しか行くことはできないはずだ。多分御先様がなんとかしてくれたんだろう。

あたしは納得したものの、元々出雲の神域の事情以外知らない椿さんはポカンとしている。

「あのう、私の実家のために、本当に申し訳ありません」

「いやいや。お前さんを責めているわけではない。りんの手紙を読んだが、多分お前さんの実家で付喪神が生まれたんだろう。その付喪神は力もなく対価も払えない。出雲の神はしきたりを重んじるからな。対価も払えない付喪神は邪険に扱われる。その付喪神が住むお前さんの家もな」

烏丸さんの問いかけに、椿さんはこくりと頷く。あたしは首を捻りつつ烏丸さんに問いかけてみる。

「あのぉ……その辺りは御先様が教えてくれました。でもどうすれば……？」

「出雲で宴の最中に、許可なく出雲に付喪神がいるのも問題なんだ。まずはその付喪神を出雲から移動しなきゃいけない。だが、付喪神だって対価が必要だ。対価も得られず燻っていたら、いずれ妖怪になるからなあ……うちの神域で引き取って、対価を得られるように仕事を与えるのが妥当だろうな」

「ああ、なるほど……」

つまりは、椿さん家に現れた付喪神を、御先様は神域に連れ帰ってもらうために、烏丸さんに頼れって指示を出したんだ。御先様は相変わらず、一番肝心な部分は口に出してくれない。そう思いつつ、椿さん家を目指して歩いていく。

烏丸さんは普通の人の目には見えないので、ときどき路地で道に迷った観光客を、椿さんが案内している間も、あたしの隣にいる烏丸さんへ視線を向ける人はひとりもいなかった。

椿さんの家の民宿が見えたとき、烏丸さんは「ふぅーむ」と顎を撫でて眉を寄せた。その様子に椿さんは不安げに顔を上げる。

「あのう、うちにいる付喪神って、そんなによくないものなんでしょうか……?」

「いや?　むしろ逆なんだがなあ」

そう言いながら烏丸さんは椿さん家を上から下まで眺める。

相変わらず素敵なたたずまいで、こんな風情のある民宿が閑古鳥が鳴いている状態だなんて、やっぱり信じられない。

あたしは首筋にかけられた水のことを思いながら、そっとうなじを撫で、烏丸さんの言葉を待つ。

「誰かに大事にされてない物は、付喪神になんかなりようがない。物は九十九年大切にされたから付喪神になる。古くなっても大切にされなければ付喪神にはならないんだ」

古い物ならなんでも付喪神になるわけではない。烏丸さんの説明で理解できた。

「あ、そういえばあたしはその付喪神にちょっかいかけられましたけど、椿さんや椿さんの家族はなにもされたことがないみたいでした」

あたしが思い出したことをぱっと言ってみたら、烏丸さんはいつもの調子でゆるりと笑う。

「どうもここにいる付喪神はこの家を嫌っているように思えんな。あくまで俺の推測なんだが、今の出雲にはよそから来た神が多い。よそ者から宿を守ろうとした結果なんじゃないかな」

「ええ……でも、神様って普段は神域にいるん……ですよね？」

「お前さんだって、御先様とはじめて出会ったのは現世だったんじゃなかったのかね」

「あ」

力の強い神様だったら、神域と現世を白力で行き来できる。御先様も昔はそれができたのだ。

神様にだっていい神様も悪い神様もいる。この家に生まれた付喪神は、それらから椿さん一家を守ろうとした。だから他の人を寄せ付けないようにした。その一方で出雲の神様は対価を払えない付喪神のいるこの家を見放した。これは悪循環ではないか。

椿さんは困ったように、あたしと烏丸さんのやり取りを聞いていた。

「そんな……」

「一応交渉には来たが、恐らくよそ者である俺やりんの話は聞かないだろうなあ。椿、お前さんの声だったら届くかもわからんが」

「でも。本当になんの付喪神か、心当たりがないんです。うちが大事にしていて、古い物って……」

椿さんは困ったように眉を寄せてしまっているので、あたしはとんっと彼女の背中を叩く。彼女は驚いたように振り返った。そんな彼女にあたしはにかっと笑う。

「大丈夫ですって。あたしも烏丸さんもいますから」

「そうなんですけれど……でも、またりんさんになにかあったら……」

「あ、あたしのことはお気になさらず！　酔っぱらいの世話に比べたら、水かけられるくらいなんともないですってば」

「酔っぱらいの世話って……比べるところおかしくないですか？」

「いいからいいから。それじゃ行きましょう！」

烏丸さんはそんなあたしたちの姿にやや苦笑いしている。

椿さんの背中を押しながら、昨日と同じ、裏口からそっと入っていった。今日は家族は留守らしい。この辺りにはやっぱり昨日感じた冷ややかな空気はない。やっぱり付喪神を見つけるには民宿になっている表側に行かないと駄目なのかもしれない。

そう思いながら、椿さんと家の中をとおり抜け一緒に民宿の玄関に着いたときだった。

また首筋にピチャン。と水が一滴伝って落ちた。

「〜〜〜〜〜〜!!」

背中をピンッと伸ばして辺りを見回す。やっぱりこの辺にいる！

付喪神を探そうと思ってキョロキョロと辺りをうかがうけれど、それらしきものはどこにも見つからない。

烏丸さんはあたしの首をまじまじと見たあと、民宿の玄関をしげしげと眺める。今日も並んでいる陶器は、埃ひとつ被ってないみたいだ。

「あそこに飾っているのは？」

「ええっと……ひいおじいちゃんが民宿をはじめたころから飾っていたものなんです。ひいおじいちゃんがひいひいおじいちゃんからもらったものらしくて。趣味の陶芸でつくったらしいんです」

烏丸さんは陶器を飾っている場所まで近付いた。そして陶器が飾られている柵の上に指をついっと滑らせる。

なんだ、掃除しているかしてないか確認する姑みたいだぞ。そう思っていたけれど、烏丸さんが椿さんにふいに話を振った。

「もしかしてここ、ひとつ足りなくなってないか？　中途半端に空いているのが気になってなあ」

「ええ……？」

そういえば。綺麗にお皿や壺が飾られている中で、一カ所だけ妙に空いている空間がある。そういう風に飾っているのかなと思っていたけれど。

　椿さんは陶器の並びをもう一度見比べて「あっ」とつぶやく。

「ここに飾られていたはずの……お皿が一枚ありません」

「決まりだな」

　烏丸さんが頷く。もしかして。付喪神の正体は、ひいひいおじいちゃんがつくったお皿？

　あたしは水をかけられた首をそっとさすりながら、付喪神を見つけようと辺りを見回した。

　しばらくすると……唸り声が聞こえた。

　フーフーと威嚇するような声は、喧嘩をしかける猫の威嚇に似ているような気がする。

　――でていけ　ここはおまえらのくるばしょじゃない……。

　あたしたちは静かにその声の主を探す。やがて、唸り声の中に、風邪をひいた子供のような鼻にかかった声が混じり出す。

　烏丸さんはのんびりとした態度で、椿さんに話しかける。

「なくなっていた皿だが、それには逸話ってもんがないかい？」

「逸話……と言われましても。本当にひいひいおじいちゃんが趣味でつくったものだったということくらいしか」

「なら、お前さんのひいひいおじいさんの話でもいい。なにかあの付喪神に話してやってくれないか？」

それって、どういう意味だろう？

でも。わかったのは、付喪神はそもそも人間がいなかったら生まれないということだ。神様も信仰がなくなれば存在自体を保てない。付喪神はそれ以前に人間に大事に使われた思い出がなかったら生まれないんだ。

そう考えたら、水をかけられたことはさておいて、ずいぶんと健気なことだと思えてしまう。

椿さんは烏丸さんに促されて、やがて威嚇する声を探すように天井のほうを見回しながら「あ、あのね……！」と声を上げた。

「うちのひいおじいちゃんはね、ここにお参りに来る人たちが、いい思い出をたくさん持って帰れるようにって民宿をはじめたって聞いたことがあるの。あなたは、ひいおじいちゃんのお父さん……私のひいひいおじいちゃんが趣味でつくったものだけど、ひいひいおじいちゃんはとても明るくて、出雲が大好きだったって。ひいおじいちゃんも、そんな話を聞いていたから、ここに来た人たちに、出雲の楽しい思い出を持って帰ってほしいって、あなたを飾ったんだって」

椿さんが声をかけた途端、さっきまで聞こえていた威嚇の唸り声はピタリと止んでしまった。

付喪神と人間には、見えないだけで絆があるんだろう。そのお皿をつくったひいひいおじいさんも、それを飾ったひいおじいさんも既に亡くなってしまったけれど。

「……ひいおじいちゃんは、もういないけれど。今もこの宿は出雲に来たお客さんが、いい思い出を持って帰れるようにって、やっているの。今は出雲にたくさん神様が来ているけれど、あなたが無理して威嚇しなくっても、大丈夫よ」

「……ほんとうに？」

途端に、子供の声になった。

ぺたんぺたんという足音と一緒に、柱から顔を出したのは……。あたしはその姿を見て、思わず目が点になってしまった。

緑色で、頭に翡翠色のお皿を載せている……どう見てもそれは河童だったのだ。身長は小さく、一メートルもないサイズのその子は、椿さんを不安げに見上げている。

「ほんとう？　だいじょうぶ？」

椿さんは驚いたように目を見開いたけれど、小さい子供みたいな河童を見たら、怖がる気もなくなったらしく、ただにっこりと笑って、腰を屈めた。

「ええ。大丈夫。ずっとうちの宿を見守ってくれて、ありがとう」

「うん！　ずっとおさらをみがいてくれて、ありがとう！」

そう言いながら、水かきのついた手を差し出した。一瞬椿さんは驚いたような顔をしたけれど、少し笑って握手をした。

あたしはふたりを見守りつつ、腕を組んで楽し気に眺めていた烏丸さんに声をかけてみた。

「あの……これで一件落着って感じでいいんですかねえ？」

「これで大丈夫だろう。それにしても、椿はいい娘だな」

「ええ？　そりゃ椿さんはいい人だとは思いますけど……？」

椿さんが河童と握手しているのを眺めている烏丸さんは、しみじみとした感じで顎を撫でている。

「あの娘、一度も付喪神を否定しなかったなあ、一度でも否定していたら、あいつはたちまち妖怪になってこの辺りで騒ぎを起こしていただろうさ」

「な……怖いこと言わないでくださいよう……」

相変わらず、烏丸さんはさらりと爆弾発言をするんだから。

最後に河童は、自分の被っていた皿を外すと、それを椿さんに差し出した。その皿にはたっぷりと水が入っている……って、河童が皿を外して大丈夫なの!?　河童の皿の水が乾いたらまずいんじゃ……。

傍であわあわしていたら、河童が口を開いた。

「これ、あげる」

「……もらっちゃっていいの？」

「だいじにしてね」

そう言ってにっこりと笑っている河童の顔に見覚えがあるなと思ったら、それは市で包丁をもらったときに、その付喪神から向けられた顔だ。

人間がいなかったら、付喪神は生まれない。大事にされていた記憶がなかったら形にならない。この民宿に来たのは今日がはじめてだったけれど、きっと椿さん一家にはいろんな物語があって、それをこの河童は見守ってきていたんだろう。

椿さんが皿をぎゅっと抱きしめているのを見て、あたしはじーんとした。すると烏丸さんがパンッと手を叩いて、屈んで河童のほうに腰を落とした。

「よし、話がまとまったところで、お前さんは対価を持ってないからな。出雲を出ないといけないんだが。うちに来ないか？」

「どこ？」

「うちの神域の主は、少々気難しいが、なに。悪いところじゃない」

そう言って河童に笑いかける。河童はしばらく椿さんと烏丸さんを見比べていたけれど、やがてこくりと頷いて、トコトコと烏丸さんに寄っていった。

＊＊＊＊

烏丸さんが河童を連れて帰ろうとする前に、椿さんは「あ、あのう……」と烏丸さんに声をかけた。

「どうかしたか？」

「この子に、最後に出雲の町を見せてから、行って欲しいと思うんですが……駄目ですか？」

その提案にあたしは烏丸さんと顔を見合わせる。

河童はまだ椿さんとお別れしなくて済んで、ちょっとだけ嬉しそうにニコニコと笑っている。烏丸さんは「ふうむ」と腕を組んで椿さんのほうを向いた。

「本来だったらお前さんの元からすぐ離れたほうが、現状の回復は早いとは思うんだが、お前さんは問題ないのかい？」

「その……少しは出雲でいい思い出を持ってから行って欲しいんです。それにりんさんにはさんざんご迷惑をおかけしましたから。二回も助けてもらったのに、お愛想なしっていうのも……宴の準備に間に合うようにしますので」

椿さんの言葉に、烏丸さんは変な顔をしてこっちを向いた。

「二回とは……なんだ、お前さん相変わらず厄介ごとに首を突っ込んでるのか？」

「なっ……！」

「いつものことだけどな」

なんなんだこの人たちは。

御先様といい烏丸さんといい、人のことを猪突猛進する猪みたいに……！　あたしだってちゃんと考えてから行動してるし。たしかに考えがすこーしばかり足りないかもしれないけど。

あたしがムッカーとしていると、椿さんはくすくす笑いながら「それでは、ぜんざいをごちそうしたいんですが」と提案してくれた。

彼女が案内してくれたのは、和喫茶だった。店員さんが案内してくれたのは幸いにも四人席だった。

もちろん烏丸さんや河童の姿はスルーされていたけれど、あたしたちは気にせずメニューを広げて、早速出雲ぜんざいをふたつ注文する。烏丸さんにこっそりと聞いてみたら、抹茶がいいと言ったので、抹茶もふたつ注文することにした。もうひとつは河童の分だ。

「そういえば、出雲ってぜんざいが名物ですよね？」

何気なーく椿さんに聞いてみたら、椿さんは軽く頷いた。

「元々、神在祭のときに、この辺りでは神在餅を食べる習慣があったんですよ。これが方言で『ずんざい』って聞こえて、それを京都の人が『ぜんざい』って勘違いしたんです。そっちのほうが広まったんです」

「へえ……神在餅って、今のぜんざいみたいな食べ物だったんですか？」

「そうですねえ……小豆と餅を一緒に煮たものですから、今の関西のぜんざいとあまり変わりませんよね。今でも出雲の宮司さんは昔ながらの神在餅をつくってお供えしていると聞いています。関東のほうは小豆を煮て、漉してしまったものをぜんざいとおっしゃいますけれど」

あたしが見慣れているぜんざいは、餅が入っていて、小豆が見えるほうのぜんざいだ。

出雲ぜんざいのほうが見慣れている。

地元ではおしるこって呼ばれているものが、関東ではぜんざいって言うのを知ったときは、驚いたものだ。

「不思議ですよね、東と西真逆のものなんて」

ふたりでぜんざい談義をしている間、河童はニコニコと窓の外を眺めていた。頭には皿がなくツルンとした緑色の頭になっている。烏丸さんはそんな河童の様子を微笑ましく見ている。

「お待たせしました、出雲ぜんざいです」と店員さんがやってきて、出雲ぜんざいをあたしと椿さんの前にひとつずつ並べてくれた。

あたしは隣に座っている烏丸さんにこっそりと聞いてみる。それなりに人はいるけれど、こちらに気を留める人はいない。

「烏丸さんは本当にぜんざいいらないんですかー？」

「いや、お前さんが食べておけ。神域だとあまり甘味は食べられないだろ」

「まあ……そうなんですけどね。ところでちょっとくらい神域を離れても大丈夫だったら、烏丸さんはもうちょっと出雲にいられないんですか？」

素朴な疑問なのだ。この人、これだけ神域で働いているんだから、神在月の宴にだって参加できる許可は下りると思うのに、御先様がいない間もずっと神域の面倒を見ているのはなんでだろう。あたしが首を傾げながら聞いてみると、烏丸さんは「あー……」と言う。

「俺の場合、年に一度の長期休暇みたいなもんだからなあ」

「ええ？　でも今も現世と神域の御先様の社の面倒、見ていますよね……？」

「いやいや。俺みたいなもんが出雲の宴になんか参加してみたらどうなる？　力がないし、そもそも神でもないんだ。それなのに、格の高い神様ばかりに囲まれていたら」

「え？　どうって……あ」

あたしはようやくわかった。

この人、付喪神や神様とちがって、神格がない。だから別に対価を支払わなくってもできる範囲でならあたしを助けてくれる。

けど、出雲の意地悪な神様は格を重要視する。つまり、他の神様にまで使いっぱしりにされるのだ。

……御先様、相変わらずわかりづらい方法で、烏丸さんに慰安を与えていたんだ。

「ええっと……今回は本当にすみませんでした！」

「いやいや。御先様が俺を頼れって言ったんだろう。お前さんのおかげで今回の休暇は食べ物に困ることもない。そのお返しだ」

烏丸さんはカラカラと笑っているけれど、あたしにとっては笑いごとじゃない。人の休みをぶんどって用事させていたんだから。

烏丸さんがちゃんとご飯食べていることに安心しつつも少し気まずく思いながらぜんざいを頬張っている中、椿さんは自分のぜんざいに入っている焼き餅を、こっそりと河童にあげていた。河童が焼き餅をビローンと伸ばしながら食べている中、椿さんがこちらのほうに顔を上げた。

「りんさんが普段いらっしゃる神域って、そんなに不便なんですか？」

「うーん。もう慣れちゃいました。たまーに和食だけじゃなくって、シチューとかカレーとか食べたいなあと思うくらいで。材料がないんで、つくれないし。あ、つくれないと言えば」

あたしはぜんざいをまたすすりつつ、手をちらっと見る。包丁で手を切るようなへまはしないけれど、秋に入ってから乾燥がきつくなって、手の皮がぷつぷつと切れて困る。ハンドクリーム欲しいなあ。

「ハンドクリームを買いたいんですけど、この辺りで売ってるところってありますか？　乾燥が厳しく手荒れがひどいんです」

あたしのお願いを、烏丸さんは抹茶をすすりつつ聞いていたけれど、椿さんは少しだけぎょっとした顔をしてあたしを見ていた。

「そっ、そういうのは、もっとわがまま言っても大丈夫だと思います……！」

椿さんが思いの外大きな声を上げたので、あたしは「あれ？」と首を捻った。

ぜんざいを食べ終えたあと、椿さんは和物雑貨の多い店に案内してくれた。

コスメコーナーがあったので、ハンドクリームを探す。匂いが強いものが多かったので、思わず「んー……」と悩んでいたら、椿さんが「りんさんりんさん」と手招いた。

端っこのほうには椿油のアイテムばかり扱っているコーナーがあり、試供品を彼女がにゅるんとあたしの手に伸ばしてくれた。

　油だからもっとぬるぬるすると思っていたけれど、思っているよりすっと馴染んでくれるし、匂いもそこまで気にならない。これなら、ちょっとは手荒れも改善されるだろうと、あたしはほっと息を吐く。

「これ、結構いいやつですね」

「ええ。それにこれだったら目立つ匂いはしないと思いますので、料理を出す際にも問題ないと思いますよ」

「ありがとうございます！　これ買います！」

　あたしは久しぶりに開く財布を手にしてハンドクリームを買おうとレジに持っていく。そこでそういえばと、他のものも眺める。それに気付いた椿さんは「りんさん？」と、不思議そうに頭を傾げて髪を揺らすので、あたしは「ああ！」と笑う。

「そういえばあたし、自分の誕生日とっくの昔に過ぎてたのに、誕生日祝ってなかったわあと思って、自分へのプレゼントというかご褒美を探そうと思って」

「あ……そうだったんですか？　おめでとうございます！」

「ありがとうございます……って言っても、既にふた月ほど過ぎてるんですけどねえ」

「ええ……？」

　椿さんはますます困惑した顔をしている。

烏丸さんは河童を連れてお土産屋さんの邪魔にならない場所で、あたしたちの会話を聞いていたけれど、きょとんとしている。

あたしがヘラヘラした態度でコスメコーナーを物色していたら、椿さんは「もーう！」と頬を膨らませてしまった。

「りんさん、欲がなさ過ぎです！」

「ええ？　別にあたしは普通だと思うんですけど……」

「誕生日なんて年に一度じゃないですか！　誕生日プレゼントをねだる必要はないと思いますけど、その日くらいは、自分を大事に扱うもんだし、誰かに祝福されていいと思うんですよ」

「えー……？　でも去年は資格試験でそれどころじゃなかったし、その前は神隠しされてたから、本当に今更というか……」

あたしがごにょごにょと言っていると、ますます椿さんが頬を膨らませて怒る。

河童が店内をちょこちょこと見て回り出し、烏丸さんがこちらに近付いてきて口を開いた。

「はあ、元旦はまだ先だぞ」

「え？」

一瞬意味がわからず、椿さんと顔を合わせていたら、椿さんがおずおずと烏丸さんに尋ねた。

「もしかして……いや、もしかしなくっても、神域では誕生日を祝うって概念がないんでしょうか？　昔は元旦に一斉に一歳年を取るっていう数え方でしたし、今もそういう考え方なのですか？」

「そうだなあ。神域では、元旦を一斉に祝うものだし。個別に誕生日を覚えるって風習がないなあ。外つ国の年の数え方になったのは、つい最近だし」

烏丸さんの「つい最近」って感覚は無茶苦茶信用できないけれど……。

数え年の概念って現代人のあたしにはいまいちピンと来ないけれど、神域の人たちもそもそも現代の年の数え方がわかってないいんだな。

椿さんはふいにパッとなにかを手に取ると、そのままレジに行ってしまった。

「プレゼント包装でお願いします！」

その言葉が耳に飛び込んできて、あたしは思わず目を見開く。

「あの、椿さん。そんな気を遣ってくれなくっても大丈夫ですよー」

「だって。寂しいじゃないですか。無償の愛は美しいって言いますけど、無償の愛だって有限です」

「て、哲学的なこと言いますね……」

「だって、りんさんってば無鉄砲で後先考えずに行動する割には、そこに見返り求めないじゃないですか。神域って対価を支払うのが普通なのに！」

うん、そうだけど。でもそれって神様や付喪神との交渉のときだけだから。

店員さんがラッピングしてくれたものを、椿さんは「はい」と差し出してくれる。手に載るくらいのサイズで、なんだろうと思っていたら「リップクリームです」と教えてくれた。

「口紅は料理するとき、化粧で味がわからなくなるから嫌って人もいますけど。これはリップクリームなので。塗るときにちょっと匂いはしますけど、すぐに飛びますから大丈夫です」

「わあ！　ありがとうございます！　早速使いますね！」

椿さんからもらったリップクリームをありがたく頂いたところで、烏丸さんが腕を組んで「そうかぁ……」と考え込んでいるのが見えた。河童も真似っこして同じポーズを取っているのがちょっと可愛い。

「そんなジェネレーションギャップで感心しなくっても」

「いやなあ。百年ちょっとで、こんなに変わるのかとちょっと思ってなあ」

……うん、これ以上は聞いちゃいけないやつだ。烏丸さんの年齢の追求はひとまず止める。

あたしたちは烏丸さんに挨拶してから、出雲の神域へと帰ることにした。

帰る前に、あたしは振り返って出雲の町並みを眺める。

次、現世に帰るのはいつになることやら。

別に神域が嫌なわけではないけれど。

「りんさん？」

「はぁーい、すぐ行きまーす」

その感傷は引っ込めて、椿さんに付いていった。

あたしにはやることがあるから、まだまだ現世には帰らない。

間章

ゆらゆらと揺れる炎。すすきは相変わらずわずかな風にもそよぎ、この場所には誰もおらぬ。そんな中、この人の子はまた膳を我のもとへ持ってきた。

しそご飯、大根と柿のなます、しじみ汁。

「もうそろそろ宴のほうも、胃に優しい料理に変わってきているんですよねえ。しじみ汁、胃に優しいです。それにしても、あたし。こんなに大きいしじみってはじめて見ましたよ」

この人の子はそう笑いながら、膳を勧めてくる。

今日も現世に出て、巫女の家の問題を解決してきたらしい。烏丸に任せればどうとでもなるだろうと思っていたから我は「そうか」と短く答える。この人の子はいつも楽しそうにしゃべる。

今日のこの人の子は炎に揺られながら唇が妙に光っているように見える。何気なく、この人の子の顎を摑んでよく見れば、途端にぎょっとしたように目を見開いた。

「な……！　どうしましたか、御先様」

「そち、口元が光っておるぞ」

「あ……別にラメとか入ってないんですけどねえ……」

「らめ？　なんだそれは」

「ええっと……現世でキラキラ光らせたら可愛いよねっていう粉です。あたしが口に塗ったのはリップクリームだけです。ラメは使ってないですよ」

ええっと、昔の言葉だったらなんと言えば通じるんだろうと、この人の子は口ごもり視線をさまよわせる。ふと気が付いて顎から手を離すと、この子は膝に視線を落とす。

珍しい。氷室が口元に色を差すのは見たことがあるが、この子が口になにか塗っているのははじめてである。

「珍しいこともあるものだな。紅を差すとは」

我がそう言うと、人の子は視線をさまよわせたあと、口を開く。

「ええっと、こないだあたしの誕生日だったので、椿さん……昨日もお話ししました巫女さんが……お祝いにくれたんですよ。紅ではないんです。透明ですから」

そう言って笑う人の子に、そうかと思う。

女神とすれ違うとき、化粧の話をしているのを聞いたことがある。我にはよくわからぬが、女には重要なものらしい。

童、童と思っていたが、もう童ではなかったのか。

「御先様？」

我はもうひとつ、気になることを尋ねた。

「誕生日とは？」

「あ、やっぱり神域だったら誕生日祝うってメジャーじゃないんですね。現世だったら、生まれたその日のことを、誕生日っていうんです。それで誕生日になるごとにひとつ年取るって数えるんです。みんなそれぞれの誕生日にお祝いするんですよ」

「そうか」

聞いてどうするものか。

ただ、炎でゆらゆら揺れる光に照らされた、この人の子の唇から目が離せなかった。

——どうしようもない話だ。

——人の子はすぐに忘れるし、すぐにいなくなってしまうというのに。

第五章

「ふう……」

顔が熱くて、パタパタと手で扇ぐ。

御先様の言動は相変わらずよくわかんないけれど、あの人は天然なのか朴念仁なのか。あんなふうに顎を摑まれたら、なにかあるんじゃないかと思うわよ。……いや、なにもなかったんだけれどね。

あたしはどうにかさっきの出来事から気を逸らそうと、予定が迫ってきた御前試合のほうへと意識を集中させることにした。

そろそろメニューを決めないといけない。あたしは食糧庫を覗きに行くことにした。

お題の鮭の状態をまず確認しないと。ひんやりとした食糧庫の中から鮭を探す。それを見て思わずあたしは「うわあ……」と声を上げた。

鮭は全部食べられる魚だ。

凍ったえらをめくってみる。綺麗な赤で、新鮮さがよくわかる。鮭の目も澄んでいるし、捌けばきっと脂の乗った身や肝が出てくるだろうと、想像するとゴクリと唾を飲み込んだ。

これ、丁寧に料理すれば、多分すっごくおいしいし満足してもらえるけれど。でもなあ。

鮭の切り身をシンプルに塩焼き……っていうのがきっと一番おいしいと思うし、素材の旨味を存分に発揮できると思うんだ。

「うーん……」

確かにおいしい。絶対間違いなくおいしいけれど。料理対決なのにそれでは、ほとんど手間をかけていない。それに、審査員の神様たちは、あたしの対戦相手の一品も食べるんだから。だからといって優し過ぎる料理では、先攻後攻の順番によって味を忘れられてしまう。

あたしが「うーんうーん……」と唸っている矢先。

「はあ？　お前なにやってんの」

背後から声をかけられて、あたしは思わず「ひゃっ!?」と叫んで振り返る。兄ちゃんだ。

「あれ、兄ちゃん？　なにしてんの？」

「んー、宴に出てた神様たちが肴持ってこいってさ」

「杜氏の人たち、神様たち、そんなことまでしてたんだ……」

「まあな、神様たち、酒が切れたらうるさいのなんのって……それより、りん。お前こそ、この間からごそごそやってたみたいだけど、なんかあったのか？」

「兄ちゃん、聞いてる？」

あたしは兄ちゃんに駆け寄った。一週間ほど前の朝餉のときのトラブルからはじまって、椿さん家の河童騒動に、もうすぐ控えた御前試合……って、いくらなんでも詰め込み過ぎだって自分でも思うもの。

簡単にあれこれと説明したら、兄ちゃんはだんだん面白い顔になり、「はあ……」と呆れて言葉も出ないって感じで顎を撫でて考え込んでしまった。

「はあ……お前まぁた変なことに巻き込まれてなあ……なんなの、お前のそのトラブル体質は」

「それもう、さんざん御先様にも烏丸さんにもつっこまれましたぁ……」

「誰でもつっこみたくなるって。そっかあ……御前試合かあ……うーん。そんなん出雲でやるなんてはじめて知ったわ。見に行けたら行くわ」

そう言って兄ちゃんがケラケラと笑う。あたしより神隠しの先輩の兄ちゃんにまでそんなこと言われるのかと、あたしは思わずぐんにゃりと力が抜けたけど……ふと思いついたことを言ってみる。

兄ちゃんに料理の相談はできないけれど、あたしより出雲の神域については知っているはずだから。

「ねえ、兄ちゃん。料理番の柊さんって人と試合することになったんだけど、柊さんってどんな料理つくる人かって知ってる？」

飯炊きと誰かの手伝いって形でしか料理に参加できないあたしとは違って、あの人はメインの料理に携わっているみたいだ。同じ勝手場にいてもメインの料理をつくっているかまでは遠過ぎて、なにをやっているのかなんてわからない。

兄ちゃんはそれを聞いて、腕を組みながら記憶を探るようにして天井を見る。

「柊さんかあ……あの人は俺が杜氏として神域に呼ばれた頃には既に出雲に出向いていたなあ。まあ獄卒なんだけれどな」

兄ちゃんは「んーんー……」と顎を撫で上げながら、ネギを手に取っていた。ネギを焼いて香りをつけた吸い物でも酒の間に挟むのかな。

「尖ったものつくる印象はないなあ。オーソドックスな和食」

「こ、ここで出されるもんって全部和食でしょうが⁉」

「うん、そうなんだけどなあ、なんて言えばいいんだろう。こう、小細工なしで美味いもんつくる人って印象なんだよなあ。本当に直球に美味いみたいな。酒を注いで回っててもさ、柊さんの料理になると神様たちはみんな酒より料理に手がいく。それまで酒ばっかりなのに」

兄ちゃんがそう言うのに、あたしは喉を詰まらせる。

和食って、一見すると誰でもできそうなものも多いけれど、根気の世界だ。その根気の世界で「小細工なしで美味い」って、相当な誉め言葉じゃないかって思うんだよな。

「うーん……あたし、直球だったら絶対に太刀打ちできなさそう」

「はあ？　なんで直球だとイコール負けなんだよ」

「技術で絶対に負けてるのに、直球で勝てる自信ないっすけど」

「だからなんでそうなるんだよ。美味いかどうかって人によってちがうじゃん。どっちが好きとかじゃ駄目なのか？」

兄ちゃんの言い分に、あたしは思わず「うう……」と唸った。

でも、相手を知らないのはよくない。まずは柊さんの料理を知ったほうがいいかなあ。

あたしは兄ちゃんにお礼を言ってから、勝手場に戻ることにした。

しかし。試合相手に「料理を見せてください」なんて言って、聞き入れてもらえるものなのかな？

＊＊＊＊

米の入ったたらいを運んで、ご飯を炊く準備をする。

腰の鈍い痛みを感じながら、柊さんにどうやって切り出そうとそればっかり考えていたけれど、相変わらずいいアイディアは出てこない。

うーん……。水場で米を研ぎつつ、どうしたもんかなあと考えていたところで、水を張ったたらいに人の姿が映っていることに気が付いて顔を上げた。

その問題の柊さんだった。出汁の匂いが作務衣から漂ってくる。おとといこの人が下ごしらえのために夜遅くまで出汁を取っていたことを思い出して、あたしは思わず背筋をピンと伸ばす。

「えっと、この間はありがとうございます！」

「ん、なんか、おめさんにお礼されるようなことがあったっけか？」

「飛脚便のことです！　あたしがいる神域にはそんなものなかったんで、そもそも知らなかったんです。教えてくれてありがとうございます！」

「ああ、そんなんかい。ええよ」

　下ごしらえをしているときはともかく、普段の柊さんは存外軽いノリの人らしい。朗らかに笑いながら手をひらひらさせていた。

　それにしても。この人、御前試合するっていうのに、あたしみたいに緊張とかって全然ないんだなあと、あまりにも自然な態度を見てふと思う。

「あの……御前試合することに、なりましたけど……」

「言ってたなあ。日にちも迫ってきて、そろそろどうすっかと考えてたところだわ」

「あの！　お忙しい中、変なことに巻き込んでしまいましたけど、参加していただけるということで、本当にありがとうございます……！　その、お騒がせしました」

　あたしは思わず頭を下げるけれど、柊さんは相変わらず飄々とした態度で手をひらひらとさせる。

「いんや、神様も時々羽目外すし、おめさんが騒ぎ起こさずとも、のちのち女神様たちが騒ぎ起こしてただろうから、おめさんが先に騒ぎ起こしてくれて却ってありがたかったなあ……あんの神様たちにおらたちがいることまるっと無視して、戦はじめられたら、出雲の宴が滅茶苦茶になるとこだっただ。男神様と女神様の関係が面倒臭いのは、古事記や日本書紀にも書かれとることとさ」

「うはあ……そこまでひっどい喧嘩するんですか?」

「痴情のもつれっつうのは、どぉこもそんなもんさ」

そう言ってニカリと笑うので、あたしは自然と釣られて笑ってしまった。

柊さん、もしかしていい人なのかな。こんな感じだったら料理を見せてくれないかな、なんて思っていると。

「ああ、そうだ。あの麺食べただ」

「え……あれ、食べてくださったんですか?」

そっか。あたしの料理は既に柊さんに食べられてたんだ……あたしが冷や汗をかいているると。柊さんは「んーんーんーんー……」と顎を撫でてコテンと首を傾げる。そして「はあー……」と溜息。

「斬新っちゃあ斬新っちゃねえ。あんなんはおらの発想では出てこないわ。美味かった」

「あ……ありがとう、ございま……」

「ただ、ひとりだから仕方なかったとは言えど、雑っちゃ雑だったね。使っていいもんはもうちょっと上手に使ったほうがええ。付喪神とちゃんと契約してるんだったら、助手も使って、もっと工程を丁寧にやったほうがええ。まあ今回は斬新さが勝って女神様たちも満足してたみたいだが」

「うっ……」

あたしは柊さんの的確な指摘に、思わず言葉を詰まらせた。

うん、そうなんだよね……。ひとりやふたり分つくるっていうのと、八百人分つくるっていうのは、とにかく感覚が全然ちがう。

アクを取るのだってもっと丁寧にやったほうがいいけれど、次の作業が待っているし、麺だって茹でているときは目を離さないほうが、一番いい瞬間に麺を引き上げることができる。

それに対して。先日見かけた柊さんの下ごしらえ。出汁の準備を思い返した。煮物に使う出汁ひとつに対しても、この人は神経を研ぎ澄ませていた。やっていることは一見するとそこまで難しい工程ではないけれど、根気が勝負だ。この人にはそれがある。

「すみません、ご指導ありがとうございます……」

やっぱりわかってる人にはばれちゃうんだなあと、あたしは肩を落としたけれど、柊さんはあっけらかんと笑う。

「いんや、自覚がちゃんとあるんだったら直せばええさ。失敗は成功の母。二度失敗しなかったらいいんさ」

「そうですか」

「そうそう。そもそも新米のぺーぺーが、最初っから上手かったらおらも料理長も地獄からわざわざ料理をしに来る必要なんてねえんだからなあ」

「そ……そうですね……」

獄卒の人たちからすると、そんな反応になるんだな。そして柊さんはちらっと勝手場のほうを見ると、にかっとあたしに笑いかける。

「おらの料理が気になるんだったら、見てみるか？」

「えっ……ええっと、いいんですか？　米をセット……炊くのをしてから、になりますがいいですか」

「んだんだ。下は育てないと駄目なんだから、ちゃんと見せなきゃ駄目だべ」

「が、頑張ります……！」

あたしはそわそわしながら、ご飯が終わったら柊さんの持ち場に行くと約束した。

ご飯を炊き、盛り付けて膳が運ばれていくのを確認してから、あたしは柊さんの持ち場に向かう。

ご飯を炊くのは勝手場の入り口の手前。かまどはご飯、汁物、煮物、焼き物、揚げ物と並び、かまどから離れた場所に調理台がある。

最奥の調理台で柊さんは料理をしていた。あたしはそれを見に行くことにする。うずらさんの手伝いをしているときだって、ここまで奥に入ったことはない。

柊さんの動きを見ることになった。兄ちゃんの言う小細工なしの料理って、いったいなんだろう。

柊さんの担当は揚げ物で、今日は太刀魚だった。でんっとまな板の上に置くと、本当に鮮やかな手付きで三枚におろして、食べにくい骨をぴんぴんとはさみで取って行く。その作業は流麗で、本当に無駄がない。

うずらさんも相当腕がいい人だけれど、柊さんは無駄がない上に、動きがものすごく速い。

油を注いだ鍋を用意すると、柊さんはかまどの下に向かって話しかける。

「泡が吹いたら、火力を上げてくれ」

「了解」

「えっ？」

火をつけていたのは、花火とはまたちがう火の神だ。ああ……そっか。揚げ物の最適温度になるよう、火の神にタイミングを教えていたんだ。

太刀魚の綺麗な白身に粉だけをつけると、まずは太刀魚についた粉をはらうように油にさらさらと粉を落とす。最初はただ、粉は沈むだけでなんの反応も示さないけれど。次の瞬間、くぷり。そう音を立てて泡を吐き出した。途端に泡が激しくなったのを見計らって、柊さんは太刀魚を油の中に落とした。

あたしは皿に並べられた粉のついた大量の太刀魚をじっと見る。衣は薄く、さっくりと揚がるようになっている。身に対してなんの仕掛けもせず、本当に揚げるタイミングと粉の量で、衣はさっくり、身はほっくりとなるように調整されている。

たしかに揚げ物を揚げる際に最適な温度はある。でも、ずっと火にかけていると油の温度は上がり過ぎたり、物を入れると下がり過ぎたりする。その都度微調整を加えながら、適温を保てるのは、もう経験と勘の世界で、あたしには全然足りないものだ。

……もし。もしも。

お題に出された鮭を思う。鮭は皮まで全部食べられる魚だし、あれを柊さんの腕前で揚げられたりしたら、絶対においしいと、自然と口の中でよだれが出てきた。

「今揚がったやつを皿に盛り付けたいんだが。おめさん、できるか？」

「は、はいっ……！」

あたしは慌てて我に返って、揚げたての太刀魚の唐揚げを盛り付けはじめた。四角い皿にシンプルに盛っていくと、巫女さんたちがそれを運んでいく。

額から汗が噴き出るのを、前掛けでどうにか拭いながら、最後の皿を仕上げたところで、柊さんは「ん」と喉を鳴らした。

「どうだい、参考になったかい？」

「うーん……勉強になり過ぎて、本当どうしようと思いました」

「経験だったら、そりゃおらのがおめさんより長いことここに立ってるんだから当然さあ。でも、ま」

柊さんは笑う。老獪って言葉がぴったりなのは、この人のほうが明らかにあたしより年上だからなのかもしれない。見た目は変わらないはずなのに。

「おめさんはおらにはないもんがあるんだから、それ使って頑張れ」

「……わかりました」

あたしは柊さんに何度もお礼を言ってから、他の手伝いへと走っていった。

今日の宴の食事を出し終わり、賄いを用意しながら、自然と頭がぐるぐるとする。多分柊さんがつくるのは、シンプルな揚げ物だと思う。あたしはそれになにで対抗できるんだろう。

あの人の料理は無駄を削ぎ落とした、本当に経験のある料理人の料理だ。その柊さんの料理になくって、あたしの料理にあるものってなんだろう。あたしがうーんうーんと唸っていると。

「りん、りん。おいらのまかないはまだかい？」

「あっ……ごめんごめん。すぐ出すね」

いけないいけない。今日もすっごい頑張ってくれた花火の賄いを忘れてた。あたしは慌てて柊さんの揚げ終わった油を使って残り物の魚を揚げる。できた唐揚げを持って帰るとひょいっと花火にあげて、「あ、そうだ」と膝を折り曲げて花火を覗き込み聞いてみた。

「ねえねえ、それおいしい？」

「んー？　うまいぞ？」

「いつもより？」

「いっつもおいしいんだぞ」

「……ねえ、花火」

「なんだい？」

もぐもぐと咀嚼している花火に向かって、あたしは素直に聞く。

「あたし、今度この唐揚げよりもっとおいしい唐揚げつくる人と競い合わないと駄目なんだあ……あたしにその人より勝るものって、あると思う？」

あたしの問いに、花火はキョトンとすると、あっさりと言い切ってくれた。

「ほかのりょうりにんのごはんだって、うまいぞ。でも、すききらいでいったら、おれはりんのりょうりがすきなんだぞ」

「え……？　これよりおいしい料理つくる人のでも？」

「おいらはこれでも、りんよりうーんとながいきで、たべたものだってたくさんあるんだぞ」

そう言われて、今度はあたしのほうがキョトンとする。

花火はずっと御先様の神域の勝手場に住んでいる。そりゃあたし以外の料理番のご飯だって食べたことあるだろうに。それと比べたりしないの……？

あたしが困っていると、花火はあっさりと言葉を重ねてくる。

「りんのつくるものは、うまいぞ。それに、たべたことのないあじがする」

「……へ？」

「うまいのにたべたことのないものをつくるっていうのは、すごくすごーくむずかしいことだとおもうんだぞ」

花火はマッチ棒みたいな手を挙げて何度かピョンピョンと跳ねた。

「りんは、みさきさまにうまいっていわせたんだろ？　それは、もっとじしんをもってもいいんだぞ」

そう言われて、あたしは不覚にも、じん、としてしまった。

あたしにしかない武器は、発想力。割烹料理ばかり食べている柊さんに比べて、現世で洋食もインスタント食品も食べていたあたしのほうが知っている料理の数は多いはず。

考えよう。トマト麺みたいに、酒を飲んだ翌日の朝から食べられて、尚且つ、柊さんの揚げ物に負けない料理を。そうと決めたら、あたしは急いでもう一度食糧庫を見に行くことにした。

＊＊＊＊

今日も食糧庫を見回しながら、あたしはまだあれこれと考えていた。

御前試合はもう明日に迫っていた。朝餉と宴の間に何度も食糧庫へ行き、あれこれと考えていろいろ試作してみたけど、まだ「これ！」というものに辿り着けていない。

恐らく柊さんは正統派の割烹料理で来るはず。あたしが正統派で対抗してもまず負ける。柊さんに勝てなくってもいい。ただ今のあたしの精一杯をつくる。じゃないと……御先様に申し訳ないなって思う。あたし、あの人の料理番だもの。

発想を変えよう。

旬の鮭に合うのは、やっぱり季節のもの。ネギ、にんじんなど季節のものが一番栄養価があるし、おいしい。でもそれと今の季節の料理が、なかなか思いつかない。

鮭の部位をできるだけまんべんなく使うのがベストだとは思うけれど、どうしたもんかな……。

野菜をひとつひとつ見ながら、ついつい考え込んでしまう。

なにより問題なのは。

神様たちは、毎晩さんざんご飯と酒を飲んでいるから、胃が荒れているだろうということ。

洗い場に積み上げられた銚子の数を考えると、消費した酒の量は、普段御先様の神域で見る量とは桁がちがう。神様の人数を差し引いても、相当飲んでるよね。

酒で荒れた胃に優しくって、鮭の旨味を表現できるってなによ。

あたしが「うーんうーん」と悩んでいる中。

「あら、りんさん？　朝餉の用意ですか？」

小袖に前掛けを付け、袖をたすき掛けしている椿さんだった。あたしは思わず目を丸くする。彼女とまさか食糧庫で会うなんて思わなかった。

「ちょっと広間のほうで、胃が荒れた神様がいらっしゃったので、生薬を調合しようと思って……」

「え、生薬って……」

あたしが首を傾げている間に、彼女は「失礼しますね」と言いながら、戸棚をがさがさ漁りはじめた。

　あたしは漁っている棚を見て、首を捻る。その棚は乾物置き場で、干し椎茸やら昆布やらしか置いてないはずなのに。

「ここ料理用のものしか置いてないって思ってたんですけど」

「一応料理用ですからねえ」

　そう言いながら彼女が取ったものを見て、あたしは目が点になった。木の皮がくるんと巻かれているそれは、シナモンスティックだ。

「これって……シナモンですよね？」

「ああ、そういえばそうですね。生薬としては桂皮（けいひ）、ですけれど」

「けいひ……ああ!!」

　あたしははっとなる。

「それって、料理とかに使ってもいいやつですか!?」

「ええっと……元々は、料理に使うためだと思いますので」

「そっか、ありがとうございます……！　それにしても、椿さん。生薬に詳しいんですか？」

「一応、趣味で薬膳勉強してますし、民宿でもときどき食道楽で具合を悪くされるお客さんがいらっしゃいますから。夜間だと病院が閉まっている場合も多いですし、救急車を呼ぶほどでもない場合は、うちで対応しています」

「ああ！　それで！　あの。椿さん。あたし、今度柊さん……男性の料理番さんと御前試合をすることになったじゃないですか」

「皆楽しみにしていますよ」

「うう、頑張ります……それで……あの、その薬膳について、教えてもらってもいいですか？」

「もちろんかまいませんが。でも私が教えられるのはあくまで食べ合わせや生薬の効能くらいで、味のことについては専門ではありませんよ？」

「はい！　味のほうはあたしがなんとかしますから！」

「それじゃあ、広間の用事を済ませましたら、勝手場に伺いますね？」

「ありがとうございます！」

あたしは椿さんに何度も頭を下げてから、鮭のほうに向き直った。

そっか、薬膳料理って言うと中華料理のイメージになっちゃうから、すぐには思いつかなかったけれど。薬膳料理に使われてる生薬のほとんどは、あたしたちが日常づかいしているスパイスなんだ。シナモンと言えばクッキーやケーキなどのお菓子に使われていて、現代でも馴染みがある。

生薬配合って書かれている薬のほとんどに使われている桂皮は、シナモンと同じ日桂系の植物で、香りもすごく似ているから、あたしたちは現世の人間は知らずに日頃から慣れ親しんでいる。

だんだん、御前試合の料理が見えてきた。

＊＊＊＊

勝手場の端に椅子を並べて、あたしと椿さんは向かい合って座った。あたしが手帳とペンを持ってきてスタンバイしているのを見て、椿さんは苦笑しながらも、丁寧に教えてくれた。

「薬膳っていうと難しく考えがちなんですけれど、簡単に言えばバランスの取れた食事をして病気を予防するってことなんです」

「なるほど」

「実は体はちゃんとバランスを保とうとしているんです。例えば、無性に辛いものが食べたいときとか、甘いものが食べたいときってありませんか？　そんなふうに体が欲している味が、今の体の調子を教えてくれるって言われています」

「そういえば。ストレスが溜まったら無性に甘いものが食べたいとか、暑いときはカレーみたいな辛いものが食べたいとかってありますね……」

「そうなんですよ」

椿さんはあたしの手帳の空きページに、きゅっきゅと図を描いてくれた。それは五角形で、一番上の角から右回りに「酸」「苦」「甘」「辛」「鹹(かん)」と書かれて、右端に「五味」とある。

「甘いものを食べたいときは、消化器が弱っていると言われていますね。ストレスが溜まると胃が痛みますよね。それにストレスが溜まると甘いものが欲しくなることがあるでしょ？　それは、ストレスで胃が弱るのを甘いもので緩和させようとしてるんです。五つの味を五味と言って、それらはそれぞれ五臓と強く関連していると言われています」

ふむふむ……薬膳っていうと漢方薬みたいなイメージがまっ先に出てしまうけれど、かなり生活に根付いている考え方だ。でもだとしたら。

「甘いものが、消化器にいいんだったら、鮭を甘くすればいいのかなあ？」

甘酢で味付けすれば、甘い味にはなると思うけれど、甘いよりも酸っぱいに傾いている気がする。あたしが「んーんーんー……」と唸っていると、椿さんがくすりと笑った。

「宴の間はたしかに暴食で胃に負荷がかかっていますから、甘くするのもまた手ですが。暴飲しているときに欲しがる味があるんですよ。それが、酸っぱさなんです。柑橘系とか梅とか酸っぱいものは肝臓の働きを助けると言いますから、お酒を飲み過ぎた体にも優しいんですよ。五味の考えでは、ひとつの味だと強過ぎる場合は、他の味と合わせて、味と効能を助け合わせるんです」

「あ……！」

手帳に書いてもらった図を見比べる。甘味と酸味がそれぞれの効能を補い合う……甘酢って考えは間違っていない……！

「あの、他に胃や肝臓に優しいスパイス……生薬ってありますか!?　甘酢に合わせたいんです！」

「そりゃありますけど……でも甘酢とスパイスでなにをつくるんですか？」

椿さんはあたしの答えに合わせて、スパイスの名前を挙げてくれた。……うん、これだったら甘酢と合わせても相性がいいはずだ。

さらに椿さんはアドバイスをくれる。

「料理に使う場合はちゃんと乳鉢ですり潰して適量使ってくださいね。スパイスは、使い過ぎればくどくなりますから」

「はあい！　本当になにからなにまでありがとうございます！」

あたしは何度も何度も椿さんにお礼を言ってから、乾物置き場まで走っていった。

使う分のスパイスを勝手場に持ち帰って乳鉢ですり潰す。乾いているから、すり潰せばすぐに粉状になる。食べた際に舌触りが気にならないよう、丁寧に丁寧にすり潰す。

あたしがごりごりと生薬を潰していると、かまどから花火が変な声を上げる。

「へんなにおいがするんだぞ……」

「そう？　スパイスだよ」

「すぱいす？」

「うん。スパイスっていうのは、香りづけや、辛みとか色を料理に加えてくれる調味料だよ」

現世でカレーなどに使われるスパイスは多くが生薬としても使われている。体を温めたり、消化を促してくれるんだけれど。

椿さんに感謝だなあ。教えてもらわなかったら、そういうことも思い出せなかったよ。

粉々になったやつをあたしは指先でつまんでみる。うん、これくらい粉々になってくれたら、舌触りで料理の邪魔をしないかな。

スパイスは粉状にすると香りが出てくる。さらにスープに入れたりして温めるとどんどん香りが強くなる。

あたしも本で読んだだけの知識だけれど、香りにはたくさん効能があるらしい。

香りの効果っていうのはあたしの専門じゃないけれど、バターやニンニクのいい匂いを嗅いだだけで、食欲を掻きたてられることは確かにある。

あたしは香りの立ったスパイスを見ながら「こんなもんかなあ」と思っていたら。

「おお、ずいぶんとすっごい匂いがするもんだなあ」

珍しげな声が聞こえたので振り返ると、柊さんだった。あたしは思わずペコリと頭を下げる。

「すみません、結構香りきついですよね。柊さんは明日の料理の仕込みですか？」

この間の真剣な顔つきで出汁を取っているのを思い出して聞いてみる。

「んだんだ、そんなもんだな。そっちも仕込みかい？」

「はい。正直あたしの腕は、柊さんには全然勝てませんけど、やれるだけのことはやってみようと思います」

「殊勝じゃのぉ……そぉこまで下手に出ても、おらはおらでやるだけだぞ？」

「そんなこと……」

「しっかし、料理に生薬をなあ……」

あたしがすり潰したスパイスを見ながら、柊さんはにこやかに笑う。料理人はいつだって探究心が命だ。守りに入ったら停滞してしまうから、常に向上心を持たないといけない。

柊さんはあたしの鍋を見て、口を開いた。

「面白いこと考えつくもんだなあ」

「うーんと……現世ではスパイスとも言いますけど……割と普通に使ってるんですよね。けど、このままだと神様たちの口に合わないだろうから、神様たちの口に合うように修正していくのがこれからのあたしの課題です」

「なるほどなるほど……課題が鮭だから、なおのこと生薬の香りってもんはひとつの鍵になるかな」

「……え？」

「なんでもない。さあ、おらもそろそろ下ごしらえしたら寝るさ」

「あ、見に行ってもいいですか？」

「いいだよ？」

そう言ってにやりと笑う柊さんに、あたしは付いて行くことにした。

柊さんはさっさと調理台に立つと、鮭を一匹持って来た。

さっさと鮭を三枚におろす。おろされたものを見ると鮭の身がぎゅっと締まっている。サーモンピンクって名前の色があるくらいに、鮭の特徴的な身の色は鮮やかだ。

そして。柊さんは新鮮な身に塩を振って締めはじめる。……まあここまでは予想どおりだ。

予想外だったのは骨と皮、頭を集めて、それに塩をつけて血抜きをするようにして洗いはじめたことだ。血抜きをしてきれいになったそれらを酒を加えた水で煮出しはじめたのを見て、あたしはきょとんとする。

「もしかして……出汁、ですか?」

「んだんだ。鮭は頭から皮、身まで何でもかんでも食べられる万能食材だべ。全部使い切ってやらんことにゃ可哀想だかんなあ」

「はあ……」

お湯が煮立ったところで、一旦骨や皮、頭を取り出し、それを全部もう一度洗ってから新しく水を張った鍋に入れると、再び火にかけはじめた。

いくらおいしい出汁が出るからと言っても、そのままでは生臭さが残ってしまう。だから最初に湯引きをして、さっと火を通してから、出汁をとるのだ。

でも……鮭で出汁をわざわざ取るって、いったいなにをつくるつもりなんだろう?

柊さんは相変わらず、丁寧に丁寧にアクを取りながら、あたしに声をかける。

「おらの工程を見て、なにかわかっただか?」

「……下ごしらえが丁寧だなと、そう思いました」

「んだ。料理っつうのは手をかければ手をかけるほど美味くなるだ。神様たちは美味いもんっつうのに食べ飽きてるだ。それでもまだ美食を求めるだよ。何故だかわかるか？」

「うーんと……寿命が長くって、暇だから……ですか？」

「ちょーっとちがうだなあ。神様には意地が悪いのだっていて神罰だって下すだよ。でも信仰っつうもんがなかったら、神様も力が発揮できねえだ」

「あ……」

そこで御先様の顔がぱっと出てきた。

美食を求めるって、つまりは。

「……思い、ですか？」

「んだ」

そう言って、にかりと柊さんは笑う。笑うと尖った八重歯が見えて、ちょっとだけ可愛く見える。

「神様が美食を求めるのは、美味い食材を求めてるんじゃねえ。信仰や感謝、思いやりを食らわないといけないからだ。神域の料理番が料理をつくるっちゅうのはそういうことだよ。そしてつくったらな、不思議ぃーなことに、なんでもかんでも、丹精込めてつくったかどうかっちゅうもんは言ってても言わなくっても食べたもんにも伝わっちまうだよ。だから丁寧にやっていくしかねえのさ」

「……なんとなく、わかります」

御先様は自分のためにつくられたもの以外は、砂のような味がするらしい。自分のためにつくられたり、自分の神社に供えられたりするものでないと、お腹いっぱいにはなれないのだ。

それにしても。あたしは鍋の匂いを嗅ぐ。鰹節や昆布みたいなわかりやすい出汁の匂いも、煮干しや干しきのこみたいな独特の匂いも、まだしない。

わざわざ鮭の出汁を取る意図はわからないけれど、柊さんは本当に丁寧な料理人さんだ。全てに意味があるに違いない。

やっぱり、この人に「いい」って思わせたいなあ。勝てるとは思えないけれど、認められたい。

あたしは柊さんにお礼を言ってから、さっきすり潰したスパイスを器にまとめておいた。あとは氷室姐さんに話をつけたら、なんとかいけるな。

「それじゃあ、あたしはそろそろ失礼します。御前試合、どうぞよろしくお願いします」

「んだんだ。お互い頑張ろうや」

「はいっ」

あたしはぺこりと頭を下げると、勝手場をあとにした。

頑張ろう。そう思いながら。

勝手場を出て、廊下に差し掛かったとき。誰かが中庭を見ているのが目に留まった。目に留まったもなにも……夜でもまっ白な容姿は闇にひと際ひどく映えて見える……御先様だった。

「御先様、こんばんは」

「……そちか」

「今日も食事摂られていませんか？」

あたしの言葉に、御先様はぷいっとそっぽを向いてしまった。

……ああ、やっぱり今日もご飯食べられていないのか。

あたしは勝手場のほうに回れ右する。

「ちょっと待っててください、また賄いご飯になってしまいますが、用意しますので」

「……ふむ」

御先様はいつも見せるような冷たい眼差しではなく、不思議なほどに穏やかに見えた。

……笑顔を浮かべている訳ではないし、綺麗過ぎて無機質に見える顔をしているのだけれど。

あたしは急いで勝手場へと戻った。

柊さんの姿はもうなかった。他の料理番さんたちも片付けや準備が終わったようで、広い広い勝手場は静まり返っていた。ときおり付喪神たちの寝息が聞こえるくらいだ。

かまどの下で丸まっている花火に、あたしはそっと声をかける。

「ごめん、ちょっとだけ手伝って。賄いあげるから」

「……ふわぁ？　まぁた、しあいのじゅんびかい？」

「ちがうちがう。御先様への賄いだよ」

「あぁ……」

花火が眠たそうに目をごしごししているのに謝りながら、あたしは急いで宴の残り物を探す。

手に塩を付けて、釜に残っていたご飯を握り、汁物として出されていたけんちん汁が残っているのが見えたのでそれを温め直す。けんちん汁にはちょうど旬のさつまいもやらにんじんやらの根菜が入っている。香の物もまだそこまで漬かり過ぎていないものを出してきて、小皿に添えた。

塩にぎり、香の物、けんちん汁。

本当に手抜きが過ぎるけれど、それを持って廊下に出た。

「すみません、今日も簡単なものになってしまいましたが」

「ふん、我はそこまで卑しくない」

「ええっと……明日が、御前試合の日なんです。御先様の料理番として恥じないよう頑張ります」

御先様はけんちん汁をすすりながら、じっとこちらを見てきた。だから、そのリアクションはなんなんですか。この間からいちいち調子が狂うなあ。

おにぎりは綺麗になくなり、小皿も空。けんちん汁も綺麗に食べ終えると、御先様はようやく口を開いた。気のせいか、ほんのりと口元が緩んでいる気がする。

「せいぜい励め」

「……え、それって」

「気が向けば見にゆく。気が向けば、ではあるが」

そう言って、その場をあとにする御先様の背中を、あたしは思わず凝視してしまってい
た。

これって、応援されたって思っていいのかな？　自惚れてもいいかな？　あの人からそ
んな言葉を聞くとは思ってもいなかったので、自然とあたしの背中は伸びた。

「はいっ、頑張ります！」

遠ざかる背中に、そう返事をする。

既に充実した気分になっているけれど、勝負は明日だ。

頑張ろう。氷室姐さんを探し出さないとな。

あたしは膳を持ち帰ると、包丁を研いで、氷室姐さんと話を付けてから眠ることにした。

間章

中庭を、見回りの火の玉がぷわぷわと浮いている。

それを眺めながら、我は中庭をのろのろと歩いていた。

琴の音は遠く、三味の音もまばらだ。きっと杜氏や巫女や付喪神をこき使って宴を楽しんでいるのであろう。しかし、我はどうにもその空気には馴染めぬ。

今宵も空きっ腹を抱えて、ぼんやりと霞がかった空を眺めておった。

「御先様、こんばんは」

人の子に声をかけられた。知らぬ出汁の匂いを纏わせていた。ここの神域に来たばかりだと思っていたが、もうこの子はここのしきたりに馴染んだようだった。相変わらず、この人の子は物事に馴染むのが早い。

すぐに膳を持ってきて、とりとめのない話をする。今日あったこと、明日のこと。

この人の子は、先日の朝餉でいさかいがあった男神と女神を取りなすために、御前試合に参加するという。

場所が変われども、この人の子は本当に変わらない。

「せいぜい励め」

そう伝えた途端、この子は目を大きく見開いた。

「……え、それって」

「気が向けば見にゆく。気が向けば、ではあるが」

宴の席は鬱陶しいが、この人の子が料理を出す場を見届けるのは、そう悪くはない。

人の子は弓形に背を反らしたあと、腹から声を出す。

「はいっ、頑張ります！」

背中にかけられた声は、心地よい。

この人の子は相変わらず、訳がわからない。

人は、神域にいるものたちとは違い、対価を取らずとも善意を施せるものらしい。あの人の子の善意は、誰に対しても分け与えられるものらしい。

人の子は弱い。簡単に倒れるし、すぐにいなくなる。悠久を生きられぬゆえか、体の全てを使って動けるこの人の子はまぶしい。

どうか、この子はそのままでいられるよう――。

ふいに顔が緩んでいることに気付き、我は口元に触れた。

笑みがこぼれていた。笑うところはあったか？　自身に問いかけてみても、答えは特に出ぬが。

第六章

次の日、あたしはまだまっ暗な中起きて、急いで今日の御前試合の料理の準備に取り掛かる。

ころんたちに頼んで、鮭と一緒に野菜を取ってきてもらう。

「賄いはちょっと待ってね」

少し膝を折ってそう言うと、鍬神たちは一斉にこくんと頷いた。

宴の食事の下ごしらえの済んだ材料は調理台の端に寄せられている。あたしはそれらの邪魔にならない場所にまな板を置いて、作業をはじめた。

料理長さんから言われたのは、料理は勝手場から持ってきたものを、審査員に食べてもらうということだ。

先攻後攻は、くじ引きの結果柊さんが先攻、あたしが後攻となった。

勝者は審査員たちの話し合いにより決まる。男神様女神様がそれぞれ選んだ料理番をひいきしないようにと、料理番からも審査員がひとり加えられているんだから、公正なものになるだろう。

鮭を三枚におろしてみると、ぷりんと脂肪の詰まった身が顔を覗かせて、あたしは思わず「くぅ～……！」と唸った。

鮮やかな赤い身は、新鮮な証だ。

あたしは酢とみりんをそれぞれ大鍋に入れると、煮切って冷ます。冷めたそれらをかめに入れ、酒と醤油を加えて、甘酢をつくる。最後にそこに昨日のうちに用意しておいたスパイスを加えて調味液をつくる。次ににんじんと長ネギをせん切りにした。

野菜の準備を終えたら、次は鮭。

ひと口大に切った鮭に一枚ずつ、塩を振って馴染ませ、余分な水分をとったあと、薄く小麦粉をはたく。

菜種油を鍋に入れると、かまどの下で丸まっていた花火に声をかける。

「それじゃあ、これ。温めてくれる？　菜箸で叩いたら、ちょっとだけ温度を下げて欲しいの」

「わかったんだぞ。でもいったいりんはなにをつくるんだ？」

「いろいろ考えたんだけどね。直球勝負じゃ、絶対に柊さんの圧勝だと思う。だから、変化球」

「でも……こんなじかんからしこむのか？」

「今からじゃなかったら、さすがに間に合わないもん。氷室姐さんにも無茶を言ったしねえ」

「ふわあ……まあったくだよ……」

あたしが油に鮭の切り身を投下していると、あくびをしながら氷室姐さんが勝手場に顔を出した。

　氷室姐さんは本当に眠そうな顔で、目元を何度もこすっている。あたしはそれを見てぺこんと頭を下げる。

「本当、今日は無茶言ってすみませんっ」

「ふわあ……まあ、いいんだけどねえ……でも、あたしに頼まないといけないもんって、なんだい？」

「あ、ここって冷蔵庫ないから。さすがに出雲の食糧庫で調理するっていうのは、あたしも気が引けますし。料理を冷やすのをお願いしたいんです」

　氷室姐さんみたいに、出雲の食糧庫でも温度管理をしている存在はいるみたいだけれど、ここは生ものが多いせいで食糧庫から離れられないみたいだった。だからといって食糧庫で調理するのは酢やスパイスを使うのでこちらだって気が引ける。氷室姐さんだって自分の氷室で料理されるのはいい顔しない。

「冷やす……のかい？」

　氷室姐さんはすいぶんと眠そうに、何度もあくびを噛み殺しながら、ついつい閉じそうになってしまう目をパチパチとさせていた。

　あたしはパチンパチンと油の中で音をたてている鮭を取り出す。

　鮭は小麦粉のおかげでうっすらと衣をまとった。これで、先程つくったスパイス入りの調味液が絡みやすくなる。

できた温かい調味液には、まずにんじんと長ネギを入れる。ここに揚げたての鮭を漬け込む。

料理っていうのは、冷えていく工程で一番味が染みていく。煮物もひと晩寝かせたほうがおいしいと言われているのはそれでだ。だから、あたしは氷室姐さんを呼んだ。大きな器に入れたそれを、氷室姐さんはまじまじと見た。

「はあ……これを冷やせばいいんだね？」

「はい、お願いします」

「ふうん……これって」

「南蛮漬けです。今のあたしが神様たちのためにつくれる精一杯のメニューです」

「ふうん……でも不思議だねえ……朝から揚げ物って、宴も結構進んだ頃だっていうのに、結構重めに感じるんだけれど」

「だから、スパイスを入れるんです」

「ふうん……？」

氷室姐さんは本気でわかってなさそうだけれど、まあいっか。

冷えると香りは立ちにくくなるから、この料理は口に入れるまで、スパイスの真価は発揮されない。

でも、それでいい。

＊＊＊＊

日も出てきた頃、あたしは冷えた器を持って会場となる中庭に出る。あたしは思わず「うわあ……」とうめいてしまった。

中庭には、あたしと柊さんが座る御座が敷かれていた。ちょこちょこと法被（はっぴ）を着た付喪神が歩いているから、会場の準備はその子たちがしたらしい。その向かいには審査員用の席だろう、野点のように敷物が敷かれて、右手に蛇神様ともうひとりの男神様、左手に海神様ともうひとりの女神様が座り、背後に料理番の人が控えていた。あの人たちが料理長さんが言っていた審査員らしい。

会場の様子を見に、広間は珍しく開け放たれていた。青い畳に派手な屏風。そこから神様たちが顔を覗かせていた。でもまだ柊さんの姿がない。

あたしが氷室姐さんに冷ましてもらったものを取りに行ったとき、勝手場に当然いると思っていた柊さんがいなかったので、「んっ？」と思った。

神様に出すギリギリなるまで料理をしないってことだ。出来立てじゃないと、意味がないもの。

昨日つくっていた鮭の出汁……あれを使ってつくるものだとは思うけど。

あたしは御座の横に置かれた調理台にちょうどいい具合に冷めた南蛮漬けを置いた。にんじんと長ネギが綺麗に見えるよう、彩りよく盛り付ける。これで完成だ。あたしは審査員分をつくり、恐々と待っていたら。

「これより、御前試合をはじめます」

料理長さんが声を高らかにそう宣言する。途端に歓声が上がった。

「まずは先攻、柊。配膳を」

その声で、こちらへと足音が近付いてきた。

「よっと。お待たせしました」

柊さんがお椀を載せたお盆を持って意気揚々と中庭に出てきた。

漂ってきた匂いを嗅いで、あたしは自然とお腹が鳴るのを感じる。

お椀から立ち上る湯気はほこほことしていて、香ばしい匂いが漂ってくる。

この料理は……。

「ふむ。料理名を示せ」

蛇神様が仰々しく言うのに対して、柊さんはどこまでも飄々とした口調だ。

「はい、鮭の煎餅茶漬けになります」

「ふむ。煎餅？」

「はい、どうぞ」

そう言いながら、審査員たちに柊さんはお椀を配っていった。

出汁がたっぷりかかったご飯の上に、分厚い衣でカリッと揚げられた鮭が載っている。

これ……。あたしは内心ギクリとしていた。

……料理、被っている。どっちも汁が本命。

どっちも揚げ物。

しかも。

温かいのと冷えているの、出汁の香りが強いのは明らかに温かいほうだ。

香ばしい匂いを放っている衣は多分、神社に奉納されている煎餅を叩いて潰して粉にしたものを使っているんだろう。普通の米粉を使ってもさっくりとした衣になるけれど、煎餅を使えば煎餅自身についている醬油の香ばしさがアクセントになるし、油をあんまり吸わないから、鮭の身に油が浸り過ぎてくどくなることがない。

おまけに。鮭の骨から取った出汁。鮭の具に鮭の出汁を使うことでお互いを引き立て合い、旨味が倍増する。絶対においしい。間違いなくおいしい。しかも今さっき揚げたばかりのさくさくの衣。これのためにギリギリまで作業しなかったんだ。

うーわーあーあー。

「実食！」と料理長さんが言うと、審査員の神様たちは、箸に手を伸ばす。辺りを漂う香りは、まだ朝餉を食べていない神様たちの空腹を自然と刺激するようで、あちこちからため息が聞こえる。

神様たちが柊さんのお茶漬けを食べているのを見ながら、あたしは慌てていた。

香りでは、絶対に負けた。頑張ったけれど、負けた。

あたしがそうパニックを起こしていたら。

「もう、りん。あんたひっどい顔してるよぉ」

手伝ってくれた氷室姐さんが隣にやってきてポンッと肩を叩く。

あたしは涙目で氷室姐さんを見る。

「いや、あたしも考えたけれど、前に出したものと被りそうな気がして、避けたんです。鮭茶漬けは」

「トマト麺のことかい？」

「はい……どちらもあったかくって汁をすすって食べるものなんで」

「ふうん、だからりんが避けるだろうものをわざとつくったんだね、あの料理番は。経験も勘も技術もあっちのほうが上なんだからねえ、まあ、負けても勉強にはなるだろうさね」

「そんなことくらいわかってますってば」

「でも、まだ結果はわからないだろうさ。だってあんたの料理はまだだじゃないか」

「……っ、まあ、そうなんですけど……」

氷室姐さんが相変わらずマイペースなことを言うのに、あたしはうな垂れる。

手伝ってもらったのに、酷評だったら悔しいなあ。せめて。

せめて、「おいしかった」の言葉だけでも欲しいと思うのは、わがままなのかな。

出汁がたっぷりと注がれた鮭茶漬けを、審査員がおいしそうに食べている。

しばらくすると、「後攻」と呼ばれたので、自然とあたしは背筋を伸ばした。審査員ひとりひとりに料理を配る。

「料理名を示せ」と、相変わらず冷ややかな表情の蛇神様が言う。あたしはびくびくしながら答える。

「……南蛮漬け、です」

「ほう？」

鮭の南蛮漬け。これは漬け汁にスパイスを入れて工夫して、胃もたれしないような甘酢に仕立てたものだ。

でも、欠点もある。鮭の調理方法が被っていることで、さらにそれが強調されてしまった。

南蛮漬けを前にして「ふうむ？」と審査員たちは首を傾げた。

「まさか、どちらも揚げ物を出してくるとはな」

「しかし趣向は異なるがな。先攻は温かくして香りを強調してきたのに対して、こちらは冷やしているために、香りの分ではやや劣るのう」

意外なことに、蛇神様は冷静に痛いところを突いてきた。

やっぱりわかってるんだなあ……料理としての香りが弱い上、漬け汁の甘酢の匂いに、鮭の香りが負けている。これが欠点だ。

あたしが思わずぎゅっと握り拳をつくっている中、興味深そうに顎をさすっているのは柊さんだ。

「ほう……おめさん。甘酢に鮭を漬け込んだのには、どんな意図が？」

「……元々は、あたしも温かいものをつくる予定でしたが、十日間のうちに朝餉で温かいものを出し続けたため、趣向を変えたかったんです。あとひとつ。神様方がこの十日間、酒宴を繰り広げて胃が疲れていたので、胃の調子を整えられるものを出したかったんです」

審査員もあたしの声に耳を傾けている。

「ほうほう……それで冷やしたというのは？」

「香りを抑えるためです」

「ほう？」

審査員の神様たちは興味深そうに目を寄せてきた。あたしはピンと背中を伸ばしながら言葉を続ける。

「あたしが漬け汁に使ったものは、スパイス……大陸の香辛料と言えばいいでしょうか。香りが際立つと、それぞれが主張し過ぎてしまうからです。だからまとめるために、一旦冷ます必要があったんです」

普段和食ばかり食べている神様たちにとって、あたしが選んだスパイスは、やや香りが強過ぎる。花火が「へんなにおい」と言っていたように、スパイスの香りに親しみが持てない神様もいるだろう。でも胃の働きを回復させる効能のあるものばかりだから食べやすいものにする必要があった。だから冷たい料理にしたのだ。酢だって、温かいと鼻を刺す匂いがするし。

それにふむふむと顎をさする柊さん。

「なるほどなあ……」

「はい。体にいいからって、なんでも食べられるわけじゃないです。人間だってどんなに体によくっても青汁ばかり飲めませんし。やっぱりおいしいものを食べて、体を休めてほしいから」

結果は端からわかっているけれど、たったひと言が聞きたい。もう料理を出してしまったあとは、ただそう思うしかない。

「実食！」

料理長さんが声を張る。

パクリ、とはじめに海神様が南蛮漬けを口にした。ちょっとだけ目をぱちくりとさせている。

「……おいしい。もっと酢が強いと思っていたんだが」

「味に深みがある」

隣に座っている女神様と海神様が顔を見合わせる。

「ふむ……茶漬けの場合は熱々のものをかきこむのが趣向だと思っておったが、この酢漬けも悪くはない。でもどちらも油で揚げてるのに、ちっとも胃が傷まぬ」

甘酢に合わせた生薬は桂皮、大棗、芍薬など……つまりシナモン、ナツメ、クローブなどだ。シナモンは食べ過ぎ飲み過ぎでむくんだ体の水分量を調整し、ナツメは体を温め消化不良による胃もたれをやわらげる。そしてクローブは消化能力を向上させる。薬膳に詳しい椿さんに合わせるものの注意を聞きながら考えたものだ。

「……異なる趣向の面白い戦いであったぞ。同じ題材で同じ揚げ物という料理法にもかかわらず、それらは異なる趣向。これより審議に入るために、しばし待たれよ」

蛇神様が柊さんとあたしの顔を見比べて言った。

料理長さんが「審議！」と言うと、審査員たちががやがやと審議をはじめた。それらを見ながら、あたしたちは他の神様にも審査に出した料理を振る舞う。巫女さんたちが運んでくれる。

柊さんのお茶漬けを取りに来るのはわかりやすくおいしい料理が好きな神様たち。あたしの南蛮漬けを取りに来るのは好奇心の旺盛な神様たちといったところだろうか。

配り終えてから、とりあえずひと息つく。おいしいと言ってもらえたことだけが救いだった。

「ん、今日の朝餉はずいぶんと豪勢だべなあ」

柊さんがそう言うのに、あたしは苦笑する。

「今日はつくってる暇なかったんで、審査に出した品を配っただけですよ」

「いやいや。まあ、おめさんの伸びしろが怖いべなあ」

「はい？」

柊さんがあたしの肩をトンと叩く。

「年頃の女っつうのは、恋だのすると途端に他のことをないがしろにするべ。そのせいでここ数年は、神域で女が料理番になった例っつうのはあんまり見たことがねえべ。だが、おめさんはそれがねえからなあ……」

そんなもんかなあ。

惚れた腫れたがなかったら、誰かのためになにかをしようとしちゃ駄目なの？　人に親切にしちゃ駄目なの？　もしこちらの善意が、「そういうもの」として片付けられちゃったら嫌だなあと、なんとなく思ってしまった。

あたしが少しだけしょげたのをわかっているのかわかっていないのか、柊さんはマイペースだ。

「まあ、せいぜい頑張れや」

「そりゃ頑張りますよーだ。本当に本当に」

そんな会話をしている間に、神様たちの審査がまとまったようだ。

「判定を言い渡す！」

料理長さんからの声がかかった。

結果は目に見えているものの、あたしと柊さんは審査員の前で正座して、ピンと背筋を伸ばしていた。

蛇神様が、口を開いた。

「まずは柊、そちの鮭の煎餅茶漬けはなかなかに美味だったぞ」

「は、ありがとうございます」

「朝餉として食べるにふさわしく、体を温めてくれ、宴で荒れた臓物でも食べられるものであったぞえ」

うん、そうだよね。

講評は予想していたとおりだったので頷いていたら、続いて蛇神様があたしのほうに話を振ってくる。

「そしてりん。南蛮漬けといったか、あれは不思議なものであったぞえ。使われているのは大陸の香辛料ということだったが、あれは胃を刺激しないものであった。日本のものと違って大陸のものはいささか刺激がきついものだという印象があったがのう」

「はい……現世では胃薬として処方されているものです」

蛇神様は「ふむ……」と唸った。

「どちらの料理も甲乙付け難いものであった。そこでより鮭の風味を生かしている者を勝者とする」

やっぱりそう来たか……。あたしは柊さんと共に、背筋を再びピンと伸ばしながら、ただ審判が下るのを待った。

「勝者、柊」

「……ありがとうございます」

あたしと柊さんは手をついて、お辞儀をする。

当然だ。異論はない。

柊さんは料理番として、あたしよりも格上だ。神様相手にずっと腕を振るってきた人だ。

それでも……。

悔しいなあ……。悔しい。

あたしが小さく歯を食いしばっていると、背中をぱしっと叩かれる。叩いたのは柊さんだ。

「おめさん、神様方の目の前だ。悔しがるのも歯を食いしばるのも、火の前でだけやれ。客に見せる顔じゃねえべ」

「……っ、はい……！」

本当、料理人としても、人としても、全然敵わないなあ……でも決めた。もっと精進しないと。

御前試合のあとは広間も開かれていて、そこで早朝に起こしてしまった氷室姐さんに南蛮漬けを差し出す。氷室姐さんはまだ食べずに勝敗を見届けてくれていたのだ。

「氷室姐さん、ごめんなさい。頑張りましたけど負けちゃいました」

正座してペコリと頭を下げる。

「あれまあ。あれは結構やり手だったしねえ。そもそもあんた、柊にずいぶん気に入られてたじゃないかさ。そこまで気にする必要はないと思うけどねえ」

そう言いながら、氷室姐さんはおいしそうに南蛮漬けを食べていた。彼女はあたしがつくったものに慣れているせいか、本当に気持ちよく食べてくれる。

「ああ、りん殿。気にする必要はないとわらわも思うぞ」

そう言いながら広間まで上がってきたのは海神様だった。あたしは思わず手を突いて挨拶をする。

「今回は本当に、こちらの思い付きでしたのに……審査ありがとうございます」

「いやいや。わらわも少々血が昇ってしまったからな。面目ない。それに蛇神殿が申したとおり、どちらの品も美味かったというのは本当だ」

そう言ってころころと笑う海神様。この間、蛇神様と相当揉めていた人と同一人物とは、とてもじゃないけれど思えなかった。

それに蛇神様も、今日は怖い感じしなかったな。ナンパしていたというのはおいておいて、意外と人のことを馬鹿にせずに審査していたなあと思った。

それを口にしていいものかとためらっていたら、海神様のほうから尋ねてくれた。

「蛇神殿の講評が気になると？」

「あ……ええっと……失礼かもしれませんけど、もっとこき下ろされてもしょうがないなと思っていたので、意外というか、なんというか」

はじめての朝餉のときの対応が、いちいち癇に障る人だったから、余計に意外だなと思ってしまったんだけれど。

あたしの反応に、海神様と氷室姐さんが一瞬顔を見合わせると、海神様はころころと笑いながら答えてくれた。

「あれはたしかに傲慢だし、いちいち癇に障るが、律儀に全部に反応しなくてもかまわないと思うぞ。それに、膳の上のものに対して嘘なんてつくことはないからな」

「はあ……そういうもんだったんですね」

「まあ、立場上、料理番を手放しで褒めないだろうがな。あの講評に対して、蛇神殿は嘘をついてはおらぬよ」

あのとき本当に、珍しく頭に血が昇っている海神様を見たもんだから、もっと蛇神様のこと悪く言うと思ったのに。それもないんだなあとついつい思ってしまう。

蛇神様は、なにやら柊さんと話をしているようだった。激励の言葉なのか、素直に料理の感想を言っているのかは、ここからだと聞こえないけれど。

元々は男神様と女神様が揉めたことからはじまった御前試合だけれど、このふたりがもうそこまで怒っていないし、審査のときもちゃんと話ができたんだったら、目的は達成できたのかな。

そう思うことにした。

＊＊＊＊

御前試合が終わって賄いも配り終え、もうしばらくしたら夜の宴の仕込みをしなくてはいけないけれど。今はひと息。

あたしは「ふう……」と溜息をつきながら、井戸で顔を洗わせてもらっていた。こんな顔で勝手場に戻っちゃいけない。悔しがるのは火の前だって柊さんは言っていたけれど、この顔で火の前に立つのは失礼な気がしたんだ。

氷室姐さんや海神様はああ言ってくれたけれど、それでもあたしの中で燻っているものがある。悔しいなあ。その思いを噛みしめながら、あたしが手拭いで濡れた顔をぐいっと拭いたとき。

「今日はずいぶんと騒がしかったな」

「……っっ！」

怜悧な声に、あたしはビクッと背筋を伸ばす。それは、試合の間ずっと探していたけれど見つけられなかった人だった。なんでそんなタイミングで現れるの、とあたしは焦って手拭いで顔を隠す。

「み、御先様……っ!!　あ、あの……朝餉は召し上がられましたか？」

「今日は巫女が持って来たからな」

「そ、そうですか……それはよかった、です……」

多分椿さんだろう。さんざん御先様の事情を話していたから、気を利かせてくれたんだなあ。あとでちゃんとお礼を言いに行かないと。あたしがつくった朝餉も、無事に御先様の口に入ったという訳だ。

そうほっとしていると、御先様はじっとあたしを見てきた。まっ白な目にあたしがどう映っているのか知らないけど。

「御前試合の結果が芳しくなかったか」

やっぱり御前試合は見に来なかったんだなあ。

「……試合結果、御先様はご存知なく？」

「興味がない」

……うん、知ってる。この人あたしに興味ないもんな。あたしは思わずたはぁと落ち込みかけたが。

「我の料理番が下手なものをつくる訳などないから、勝敗などには興味がない」

そう言ったのに、あたしは凝視する。

……い、今言ったの、本当に御先様か？　それとも……御先様のそっくりさんか？　この人こんなこと言う人だったっけ？

あたしが勝手にうろたえていると、さっさと御先様は振り返って歩き出してしまった。

「……あ、ありがとうございます！」

「せいぜい励め」

その言葉に、首に手拭いを引っかけたみっともない姿のまま、頭を下げていた。涙はとうの昔に引っ込んでいた。

……でも。どうして御先様、こんな井戸の前に来たの。

あたしを励ましに……いや、馬鹿な。思わず頬をつねった。痛い。

夢じゃない。

そう考えたらだんだん嬉しくなってきて、あたしは思わず走っていた。今日も体が痛くなるまで料理をつくるけれど、早く出したい。御先様が食べてくれると信じて、頑張る。

我ながらチョロ過ぎると思ったけど、今はまた包丁に触りたくてしょうがなかった。

出雲に来てからはたくさんの神様のためにつくってきたけど、今日は御先様のためにちゃんとつくる。そう思った。

第七章

出雲に来て、二十日経った。

毎日戦場のような慌ただしさなのは変わらないけど、だいぶ段取りよくこなせるようになってきた。御前試合後、あたしはちょっとした有名人になってたみたいで、いろんな料理番から手伝いを頼まれるようになった。ここにいるのもあと少し、盗めるものは盗もうと思う。

今日の宴も終わり、賄いを食べ終えたあとは、明日のための仕込みを済ませる。

「あー……終わったぁ……！」

明日の準備をどうにか終え、あたしは伸びをする。そろそろ部屋に戻ろうと考えていたとき、勝手場に近付く足音に顔を上げた。既に料理番の人たちも部屋に戻ったはずなのに、誰だろう。

「ああ、いたいた！　りん、あんた今暇かいっ!?」

氷室姐さんだった。どうしてこんなところまで来たんだろう。あたしはハテナマークいっぱいのまま、思わず頷く。

「暇といえば暇ですけど……？」

「そりゃよかったねえ、今から女神でお茶会する予定なんだけどさあ、あんた、茶菓子はつくれるかい?」

「はっ……茶菓子……ですか?　こんな時間から、ですか?」

「こんな時間だからだよぉ」

そりゃここの材料があればなんでもつくれる、とは思う。

食材も調味料も、びっくりするほど充実しているし、二十日経ってもなお、なくなる気配がない。さすがは出雲と言うべきか、ここの食糧庫はないない尽くしだった御先様の神域なんて比べものにならない。でもあたし、簡単なお菓子だったらともかく、女神様のお茶会用の茶請けなんてつくれるのかなあ。

「ええっと……お茶会っていうのは」

「男連中は酒さえ飲んでればいいんだけどねえ、あたしたちは酒飲んでくだを巻くよりも、男抜きでお茶を点てまったり甘いもの食べてたほうがいいって話さねえ……」

「ああ、女子会ですか」

女神様だって人間の女子と一緒なんだなあ。しかしそうは言っても……とあたしは困る。

茶道のお菓子って、ひと言でお茶菓子とは言えど、主菓子って呼ばれるタイプと、干菓子って呼ばれてるタイプに分けられる。主菓子は饅頭とか餅とかの生のお菓子。干菓子はらくがんや煎餅とかの乾いた菓子だ。

どちらも、おいしければいいってものじゃなくって、まずは見た目を楽しむっていうのが茶道の作法にはある。ときどき御先様の神域で気軽につくるような甘味を出すわけにはいかないよなあ。

花をかたどった練り切りとかを求められているんなら、あたしにはそんな技術がない。

「あたしにはちょっと難しいなあって思うんですけど……」

あたしの反応に、氷室姐さんはのほほんと笑う。

「あー……蛇神みたいに威張りくさってるやつもいるから、気にしてるんだねえ。構いやしないよ。あたしたちだってただ甘いもんを食べたいときだってあるさね。小さい菓子じゃなくって、手掴みで食べられるような、ね」

「はあ……手掴みで食べれ……」

そこまで考えて、ふと思った。

手掴みで食べられるカジュアルなものだったら、そこまでこっちがプレッシャー感じなくってもいいのかも。でもこの時間に甘いもの食べて大丈夫なのかな。

「えっと、お茶会って、今からなんですよね？　カロリー……えっと明日の朝餉とか、大丈夫なんですか？」

「ぽつぽつ宴も解散だからねえ、今からだよ。皆酒にも飽きてきてそこまで酒は入ってないから、お腹にも余裕があるねえ」

あなた方はよくっても、あたしは明日の朝餉の用意があるから、あんまり長いことは起きてられないんですが。

とは思ったけれど、なにを隠そう氷室姐さんの頼みだ。いっつもお世話になってるのに、なにも返せてないし。

「それじゃ、考えてみます！」

「ああ！　嬉しいねえ。それじゃ、こっちもお茶の用意をしておくさね」

「はい！」

女神様が手摑みでもいいって。どんな雰囲気なんだろうと戦々恐々としつつ、ひとまずは材料を調達することからはじめる。

食糧庫に行く途中に、ころんと会うことができたから、食材を運ぶお手伝いとして一緒に付いてきてもらうことにする。

「またごはんつくるの？」

ころんはあたしの肩に乗って不思議そうな顔をしている。

「うん、女神様がお茶会するんだって、こんな時間なのにねー」

「おちゃかい！」

ころんはわかっているのかわかっていないのか、ずいぶんと楽しそうだった。

抹茶に合う、手摑みで食べられるお菓子。なかなか難しい注文だなとは思ったけれど、食糧庫に並んでいるものを見たら割となんとかなりそうでほっとした。

秋の味覚の王道として、さつまいもがあった。あと、蜂蜜に砂糖。バターがあればそれでスイートポテトがつくれるんだけれど、ないものは仕方がない。ほかにつくれそうなものはあるかなあ……。

醤油は御先様の神域から持って来たものを使うとして、あとみりんを拝借しよう。

あたしはころんに「これ持って欲しいんだけど」と重い小麦粉や砂糖、みりんと卵を渡す。ころんは「だいじょうぶ」と言いながら、それらを被っていた笠に入れる。あたしはさつまいもや蜂蜜を両脇に抱えた。うちの神域でもこれだけ材料があったら、もうちょっとお菓子がつくれるんだけどなあ。特に卵。バターはなくても油で代用できる。でも卵だけはなかなかなにかで代用ってできないしなあ。それにしても。

お茶会って女神様はどれだけ来るんだろう。そもそもどこでするのかな。氷室姐さんにもうちょっと詳細を聞いておいたほうがよかったかもしれない。

ころんと一緒に材料を持って、すっかり人気のなくなった勝手場に戻ってみると、花火が「おっ?」と不思議そうな声を上げて、火の粉を撒き散らした。

「りんー、こんなじかんにまかないつくるのかあ?」

花火は既に眠そうだ。

「ちがうの。女神様たちがお茶会するから、お茶請けつくれって言われたの。眠いところごめんだけど、お願い！　手伝って」

花火にあたしは頭を下げつつ説明をする。

料理づくりがうまい人がお菓子づくりも上手だとは限らない。得手不得手があるんだよねえ。あたしはお菓子をつくるのは好きだけど、女神様たちの口に合うかなあ。

……まあ、そうも言ってられないからなんとかするんだけど。

あたしはころんからみりんを受け取り、醤油と水を手早く器で混ぜて醤油だれをつくる。

次に蒸し器を持ってきて、花火に「このかまどに火を入れて」と頼んでセットする。普通の蒸し器の何倍もあるそれに、持ってきたさつまいもを全部入れてふかすのだ。

「なにつくるんだぁ？」

「さつまいもあんのどら焼き。本当だったら小豆を炊いてあんこをつくるんだけど、あれは超時間がかかるし、あんまり待たせちゃ駄目だよね」

なんでもありありな出雲の神域だからって、小豆の水煮はさすがにないようだ。だからあんはさつまいもで代用する。食糧庫には出雲ぜんざいがあったけど、それだと水っぽ過ぎて皮に挟めない。

卵を器に入れて混ぜ、その上に小麦粉をふるい入れる。さらに砂糖を加えて、ねばりがでるまでよく混ぜる。

混ぜ終えたら最初につくっておいた醤油だれを持ってきて、それを加えてさらに混ぜればどら焼きの皮になる生地ができる。

次に大きな鉄板のあるところまで花火をつれて移動する。できた大量の生地はころんが運んでくれた。畳二枚分くらいある鉄板を花火に頼んで温めてもらう。鉄板からもくもくっと湯気が出てきたところで油を引き、用意しておいた生地を焼いていく。

しっとりとした生地が膨れ上がってきたら引っくり返して、さらに少し焼く。醤油とみりんがいい仕事をしてくれて、引っくり返すと茶色い艶が出てくれていた。

　生地を焼いていると、花火が目をきょろきょろとさせてくる。……大きな目を瞬かせているのは、甘い匂いを嗅いでいるみたいに見える。

「なあんか、あまいにおいがするんだぞ。かすていらみたいな？」

「あー……確かに材料はカステラに似てるよねえ。花火はカステラ知ってるんだ？」

「かすていらは、いずもでときどーきほうのうされているのをたべたことがあるぞ！」

「たしかにおっきい神社だったら、奉納されてるかもしれないねえ」

　ころんは「かすていら？」と不思議そう。ころんは食べたことないのかもしれない。

　生地を全部焼いたら並べて冷めるまで放置。さて続いてはあん作りだ。蒸し器に戻ってふたを開けると、ほくほくしたいもの香りが漂う。

　蒸したさつまいもは漉し器にかけてあん状にする。さつまいもの端っこは花火ところんにあげた。

　それにしても。こんな時間に女神様たちのお茶会って、なんなんだろう？

「ねえ、花火。出雲で女神様たちが集まったら、こんな時間にお茶会ってするもんなの？」

「んー……ふだんは、はなをながめたり、うたあわせをしたりしてるんだぞ」

「ずいぶんとまあ……風流だね？」

　花見はわかるけれど、歌合わせなんて、高校時代の古文のときの知識しかない。

　あたしはさつまいもを漉しながら感心する。

　さつまいもは全部漉し器にかけず、半分は木べらでつぶして食感を残すことにした。

冷ましていた生地にさつまいもあんを挟めば、さつまいもどら焼きの完成だ。できたどらやきは木皿にひとつずつ載せた。

かなり庶民的なお菓子だけど、これでいいのかな……？

それに、どうも花火の言い方が気になる。

普段はってことは、これ普段のお茶会じゃないんじゃないのか？

あたしは不安半分楽しみ半分で、花火ところんに出来立てのどら焼きをひとつあげる。

花火はいつものように大きな口でぺろりと平らげ、ころんは目をキラキラさせながら大事そうに完食した。

＊＊＊＊

あたしはころんと一緒に、どら焼きを運んでいた。それにしても、どこでお茶会をやっているんだろう。中庭かと思ってやってきたけど、誰もいない。

「こっち！」

突然ころんがとことこ早足になる。

ころんはあたしの前を皿がたくさん載った大きなお盆を持って歩き、それにあたしは付いて行く。

しばらくすると、琴の音がすることに気が付いた。あたしはきょろきょろとする。ぽちゃん、と言う音もする。

ころんが歩いて行った先を見て、あたしは思わず口を開けた。

火の玉がぽわぽわと浮いている先。一面に白菊が咲き誇っている場所に出たのだ。

菊は葬式で見る湿っぽい花のイメージがあったけれど、むわりと漂うその香りは、わかりやすい花の甘い匂いとはちがい、妙に頭を痺れさせるものがある。それが庭全体に咲き誇っている。幻想的な空間に迷い込んだような錯覚を覚える。

琴の音の聞こえるほうを見るとそこには御座を敷いて、女神様たちが思い思いの楽器を奏でていた。ざっと数えて、三十人ほどだろうか。

琴を弾いている神様もいれば、三味線を鳴らしている神様もいる。笛を吹いている神様もいる。そして女神様たちが座っているすぐそばには、池。

赤と白と黒の模様のついた大きな大きな鯉が、時折ぽちゃんという音を立てて優美に泳いでいる。

ふいに、音は途切れた。女神様のひとりがこちらに気が付いたのだ。

あたしは思わず背筋をぴしゃんと伸ばす。

「ああ、そなたは御前試合のときの料理番でしたね？」

「はっ……はいっ……！　りんです！」

その言葉に、氷室姐さんもあたしに気付く。

「悪かったねえ、呼び出して。こっちに来てお座りよ」

「……へ？」

絵にも描けないきらびやかな光景に、明らかにあたしは場違いだ。ど、どうしてこんなことに……!?　そっところんを見た。

ころんは笑顔でこくんと頷くので、あたしはがっくりとうな垂れてしまった。

こんなに緊張する女子会なんて、あたし、はじめてだよ……!

叫びたいのを堪えつつ、「し、失礼しまーす」と上擦った声で、女神様たちに近付く。

あたしは、膝をガクガクさせながら御座の前に出ると、先程こちらに声をかけてくれた女神様がたおやかに「どうぞこちらにお座りなさい」と手を差し出してくれた。頭に美しい花があしらわれている。

ころんと一緒に履き物を脱いで御座にあがる。どら焼きがたっぷり載ったお盆を差し出して指をつき、頭を下げる。

「お茶菓子です」

あたしはこのあとどうすればよいのかわからず隣にいるころんを覗き込んだけど、ころんはにこにこと笑っているだけだった。

「頭をお上げなさい」

頭に花をあしらった女神様が声をかけてくれた。着物の上に袴を合わせ、ふわふわとした羽衣を纏っていた。あたしが思い描いている天女のイメージそのものだ。その女神様は筒から抹茶をすくうと、それを器に入れた。さらに木杓子で鉄瓶に入ったお湯をすくってその器に入れ、かさかさと抹茶を泡立てはじめる。

お茶を点てるっていうやつなんだろうけれど、これを出されてもあたし、茶道の作法とか知らないよ……どうしよう。あたしは助けを求めるようにして辺りを見回すと海神様と目が合った。

海神様はあたしの不安がわかったのか、「花神殿(はながみ)が茶を点てて渡すから、それを受け取って飲むとよい」と短く教えてくれた。

海神様はあたしがかちこちに固まっているのを見て、ゆるりと笑う。

「そこまで気を張らなくてもよい。まだ茶菓子を振る舞われておらぬからな」

「え、ええっと」

「ああ……茶会では、先に茶菓子を食してから、茶を飲むものだ」

なるほど……。

木皿に載せたどら焼きは、ちょうどよくひとりにひとつ配ることができた。あたしの分もひとつある。女神様はそれを見て驚いたり、頷いたりしている。頷いている女神様はきっと奉納品などで、食べたことがあるのだろう。花神様が「いただきましょう」と言うと皆楽しげに手掴みで食べはじめた。

「美味い、さすがだ」

「あ、ありがとうございます……」

海神様の率直な感想を耳にしつつ、あたしはお茶を点てている花神様を凝視する。隣に氷室姐さんがいてくれるのに、あたしは心底ほっとした。

それにしても、このお茶会の主催って、多分今お茶を点てている花神様だよね。どうしてここにいち料理番のあたしが呼び出されているんだって話だよ。

あたしが自分のぶんのどら焼きを千切って口に入れていたら、花神様がお茶を点て終えた。

「はい、粗茶ですが」

そう言いながら、花神様はあたしの前にお茶を置いてくれた。あたしは頭を下げてから、おずおずとその器を受け取った。

海神様が「器を一周眺めてから、いただくといい」と教えてくれたので、言われたとおりにして飲んでみる。

苦いけれど、じんわりと甘さの染み出す味だ。抹茶は苦いもんだって思っていたけれど、お茶を点てる際に泡をたくさんたてていたからなのか、とてもクリーミーで、そこまで苦いと感じない。

あたしは感心しながら飲み終え、もう一度頭を下げる。

「……ごちそうさまです」

「りん殿の舌を満足させられましたか？」

「とってもおいしかったです」

神様に言うのは失礼かもしれないけど素直に答え、あたしは頭を下げた。

花神様は「それはよかったです」と微笑んだ。まわりにいる女神様たちもにこにこ笑っている。

そのにこやかな雰囲気が逆に怖いと思ったけれど、あたしは意を決して疑問に思っていたことを聞こうと口を開く。

「あの……あたし、なにかしましたか？」

「ええ、りん殿。今回は初の出雲だそうですが、いかがですか？」

「ええ……？」

これは質問の答えに関わることなのかな、それとも世間話……？　あたしはいぶかしがりつつも、回答する。

「ここに来て知らないことをたくさん知ることができ、勉強になりました」

「向上心を持つというのはいいことです。……さて、此度(こたび)のあなたの行いですが」

来た。

あたしはだらだらと冷や汗を垂れ流す。悪いことをした覚えはない。ただ、神域のルールや常識を知らないという自覚はある。十日前の御前試合だってそうだし。

あたしはなにを怒られるんだろうと思っていたら、海神様がやんわりと花神様に声をかけた。

「花神殿。それは脅かし過ぎだ。りん殿に落ち度はなかろう」

「ええ……たしかにそれはそうですわね」

「すまないな、此度は蛇神殿のせいで、いろいろ面倒なことになってしまって」

海神様に頭を下げられ、あたしはハテナマークを頭にいっぱい思い浮かべつつ、頭をぶんぶんと振る。

「えっ……海神様が謝るようなことなんて、なにもないじゃないですか……！」

「すまないな、でも今回呼び出したのは、そのことではない。付喪神の件のことだ」

「付喪神って……あ」

椿さんの実家の河童の件だとピンと来た。

あたしが巫女でもないのに、勝手に現世に出たのが問題？　それとも付喪神を烏丸さんに連れてってもらったのが問題？

「あの、あたしが勝手に神域を出た件とか、出雲から連れ出してしまった件ならば、それはあたしの意思でやったので、巫女さんや付喪神にはなんの落ち度も……！」

椿さんや御先様に処罰が与えられたりしたらどうしようかと思って、なんとか言い訳しようとすると。

「いえ、それではありませんよ」

ばっさりと花神様に否定されてしまった。

ええ？　じゃあ、なに？

あたしがオロオロしていると、花神様が穏やかに言葉を返してくれた。

「あなたは出雲の巫女が、神の加護の下にいられるよう、付喪神をあなたがいる神域へ引き取ってくれました。そのことには、出雲の巫女も感謝をしていると思います」

「あっ……ありがとうございます……」

「私たちとしましても、このまま見て見ぬふりをしたいところではありますが」

その言い方が不穏だ。他の女神様たちは相変わらずにこにこ笑ってはいるけれど、それが却って不穏さを底上げしているような気がする。

あたしはピンッと姿勢を正しつつ、続きの言葉を待つ。海神様が頭が痛そうに顔を歪めた。

「……問題は、蛇神殿、だな」

あ・の・ひ・と・か。

思わず顔が引きつる。頭には、はじめて会ったときの厭味ったらしい言動がありありと浮かんだ。御前試合のときは思っていたよりいい人かと思ったけど、本当になんなの、あの性格の悪さは。

あたしが思わず目を吊り上げると海神様は申し訳なさそうにこちらに頭を下げてくる。

「すまないな、あれは頭が固くて」

「そんな、海神様が謝る必要は全然ないですよ！」

「まあ、そうだな……」

海神様が珍しく言い澱む様がらしくなく、「あれ？」と首を傾げながら膝に手を載せていたら、花神様がやんわりと口添えしてくれた。

「そうですよ、海神殿。いくら情人とはいえど、あなたが謝る必要はありませんよ」
……ん？　じょうにん？　一瞬意味がわからず、海神様を眺めていたら、氷室姐さんが
ぼそりと耳打ちしてきた。
「恋人同士ってことさね」
「こ、恋……!?」
思い出すのは、巫女さんたちへのナンパのことでさんざん揉めていたときのこと。ふた
りともやたらとすごい剣幕で言い合っていたから、てっきり仲が悪いのかと思っていたけ
ど、逆だったんだ。
恋人がよその女の人にちょっかい出してたら、そりゃ怒るか……。
あたしは予想外の展開に呆気にとられていた。そんなあたしの顔を見て、海神様は苦
笑しつつ頷いた。
「わらわのことはさておいて、蛇神殿は出雲の中でも責任の重い役割でな。出雲のことに
よその神域の者が介入したということが面白くないそうだ。しかも神格の低い御先殿の神
域の者だということで、面目が潰されたときた」
「そんな……じゃあ、椿さ……巫女さんの実家を、見捨てればよかったんですか!?」
椿さんも河童も、なんも悪いことなんてしてないじゃない。納得なんてできる訳ないで
しょ。
あたしが思わず大声で返すと、花神様はにこりと笑いながら頷いた。

「それは人間の理屈でしょう。神の理屈ではございません」

「でも神様は対価を支払えば願いを叶えてくれるはずですよね。椿さんの家族はみんな出雲の神様にお参りに行ってたんです。お賽銭やお供えものもしてたんです。だから本当は、神様がその願いを叶えないことには……」

「小さな社の神ならいざ知らず、ここは巡礼地ですから。そのような気遣いは結構ですよ？」

あっさりと花神様に言われてしまい、喉の奥で「ぐぬぬぬぬ……」と唸る。

そうだよね、だって出雲なんて日本書紀に名前が出ている場所だし、神話について疎いあたしだって名前を知っているところだ。御先様の神域とは訳がちがうんだ……。

でも、だからといって、出雲に住んでいる人まで選別しちゃっていいの？　付喪神がいるってだけで、加護を与えないって、やっていいことなの？

結果的に椿さんの家も、河童もめでたしめでたしになったのに、それが駄目って……。

あたしが「ううううう……」と喉を鳴らしていたら、花神様は「……と」と言葉を付け加える。

「蛇神殿でしたらおっしゃるでしょうね」

「……へ？」

あたしは思わず海神様と氷室姐さんのほうを見ると、氷室姐さんがにべもなく言う。

「試されたんだね、あんたが」

「ええっと……つまりは」

あたしはおずおずと花神様を見る。

花神様はおっとりと笑った。とてもじゃないけれど、さっきまでさんざんこちらの揚げ足を取ってくるような言葉を繰り返していた人とは思えない。

「神在月もあとわずかです。御前試合で気が晴れた蛇神殿ですが、此度の話が蛇神殿の耳に入ったのです。きっとりん殿に絡んでくるでしょう。くれぐれも感情のままに言葉を発してはいけませんよ。神経を逆撫でするようなことを言ってくるでしょうが、それだけです。立場上、あなたを神たちの面前で怒らなくてはいけませんから」

そうおっとりと笑って微笑む彼女に、あたしは会釈をする。御先様や椿さんに罰が下されることはないってことでいいのかな？　そう理解して少し安心した。

しかし、不思議だな。

「どうして、女神様たちはあたしの味方をしてくれるんですか？　唯一の女の料理番だからですか？」

海神様だってそこそこ偉い神様なはずなのだ。それに花神様や、他の女神様たち。どうしてここまで親切にしてくれるんだろう。

あたしの疑問に女神様たちは顔を見合わせると、一斉にこちらを見てくる。顔面偏差値がものすごいことになっているのもあり、あたしは自然と体を縮こまらせる。花神様はたおやかに言った。

「私たちはどうしても、理（ことわり）から外れることができませんが、人間はその理を簡単に変えられるものですから。私たちはそれがたまらなく愛しいんですよ」

いつか、海神様に言われたことが、ふっと頭に浮かんだ。

『人間は神とちがって、対価の支払いがなくとも誰かを助けることができるのであろう』

あたしは「はぁー……っ」と息を吐いた。

「ありがとうございます」

ただ頭を下げる。こんなまどろっこしいことをしないと忠告すらできないなんて、本当に神様って厄介なんだなあと思いながら。

＊＊＊＊

次の日も昼を過ぎた頃から、宴の準備をはじめる。

ご飯を炊いたあと、ベテラン料理番さんが煮物を盛るのを手伝い、それを巫女さんたちが届けに行く様を見送った。

今晩の賄いはどうしようかなあと思っているところで、「あの」と声をかけられる。椿さんだ。どことなく顔色が悪いので、あたしも思わず顔を曇らせる。

「料理に不備がありましたか？」

「いえ……その。りんさんを呼んできてほしいと、蛇神様が……」

……来た。背中に冷たい汗が伝うのは、勝手場が暑いせいだけではない。

椿さんはおろおろしたようにあたしのほうを見てくる。

「あの、うちにいた河童のことですか？　本当に……ごめんなさい。りんさんを巻き込んで……」

「いやあ、気にしないでくださいよ。大丈夫ですよ。あたし、なんにも悪いことしてないですし」

心配そうにかまどの花火も顔を覗かせてくる。

「りん……おこられるのか？」

「花火、大丈夫だってば。すみません、料理長さん、ちょっと呼ばれましたので、行ってきます」

勝手場のほうをぐるっと見れば、料理長さんは難しい顔をしている。うずらさんは黙って魚を焼く手を止めず、柊さんも出汁のアク取りをする手を休めていない。

「おめさんがいなくっても、勝手場は回るべ、早く行ってこい」

柊さんはいつもの摑みどころのない口調でそう言ったあと、やんわりと言葉を足す。

「そだ、今日の賄いはおらが作ってやるべ。賄いの頃までには戻ってこいや」

「……はいっ！」

あたしは皆に頭を下げると、椿さんの肩を叩く。むしろ椿さんは被害者側なのに、自分のせいだと思わないといいんだけど。

「椿さんは本当に、なにも悪くないです。ちょっと話してきますから」

「……っ、行ってらっしゃいませ」

あたしが背中を押すと椿さんが頭を下げて、他の巫女さんたちと配膳の作業に戻っていった。それを確認してから、あたしは勝手場を出た。

蛇神様……まさか宴中に呼び出されるとは思わなかったな。

向かう広間からは音が聞こえてくる。これは三味の音なのか、琴の音なのかはわからないくらいに緊張していた。

金箔の貼られている襖の前で、あたしは正座をする。

「失礼します、料理番のりんです」

楽器の音に消されないように大きな声で叫ぶように言う。

「入れ」

「失礼します」とひと声かけてから、襖に手をかけた。

手をついて頭を下げてから、膝を広間の中に入れる。青々とした畳の匂いに、酒の匂い。楽器をかき鳴らしているのは、神様なのか付喪神なのかは、あたしの目からは区別できなかった。

中庭に面した襖は開け放たれている。ここからは綺麗に切り揃えられた松が見え、松の周りには灯りの火の玉がぽわぽわと浮いている。わずかな灯りだけで見る松の荘厳さは、白い霞と相まって悠久の美というものを思わせる。

あたしが広間の中を見回していると、「蛇神殿は奥におるぞ」とひとりの神様が教えてくれた。

呼び出した張本人はどこだろうと思いながら広間のはじを歩く。奥のほうに蛇神様が座っていた。あたしはそこまで歩いていって少し距離を置き座る。そして手をついて頭を下げる。「りんです」と頭を下げたまま言うと、蛇神様はちびりちびりと酒を舐めるように飲みつつあたしを上目遣いで見ると「こちらに来い」とぶっきらぼうに言った。

あたしは恐々と言われたとおりにする。

蛇神様はじっとあたしを眺めてきた。相変わらず平安風の出で立ちで、顔が驚くほど整っているにもかかわらず、こちらに向けてくる視線は人間のものとは明らかに異なる。爬虫類に睨まれているように感じる。

御先様に睨まれるときも、プレッシャーで体が縮こまる感覚に襲われるけれど、それよりもなお強い威圧感を覚えるのは、神格が高い神様だからなんだろうか。

緊張で体が凝り固まって、視線以外を動かせなくなっていた。やがて、蛇神様は「ふん」と鼻を鳴らしてから、酒を一気に仰いだ。

「料理番がずいぶんと、出雲で羽目を外していると聞いたがのう」

「……申し訳ありません」

かすかすとした声を出すのが精一杯だった。他の神様たちの視線もこちらに集まる。いつの間にか楽器の音も止んでいる。針のむしろっていうのは、こういうことなんだなと実感する。

あたしの返事に、淡々と蛇神様が言葉を重ねてくる。

「他の神域のことは知らぬ。ただ、ここは出雲だ。同じ理屈が通用すると思うたか」

それに対して、反発したい気分がむくむくと湧き上がってくるけれど、喉の奥にぐっと押し込める。……椿さんの名前を挙げたら、彼女に迷惑をかける。

あたしが必死で口を閉ざす中、蛇神様が鼻で笑う。

「……ここに来て、逆らうような真似をしないのかえ。巫女の事件のときも、御前試合のときもあんなによう動いておったのに、ずいぶんと都合よくできている口よのう。自分の行動の浅はかさすらわかってはおらぬか。本当に、そこの主といい、そこの料理番といい、よくできておるわ」

その嘲りに……さすがにカチンと来た。

挑発されている。煽られている。わかってはいる。

けど御先様は河童を放置しておくのが正しいことだってわかってた。わかってたのに河童を引き取る方向で話を進めてくれたんだ。

イラァ……として、そのまま言葉が暴発しそうになるのを、あたしは必死で押し留める。ここであたしが軽はずみなことを言ったほうが、御先様に迷惑をかける。

あたしは息を吸って、吐いた。凝り固まった体が、本当にわずかだけど緩み、どうにか言葉を吐き出すことはできそうになったと思える。蛇神様が冷ややかな目でこちらを見てくるのに負けないように蛇神様を見返して、あたしは口を開いた。

「……あたしは、たしかにおっしゃるとおり、出雲の理には明るくありません」

「意見をするのかえ」

「……あたしは、現世では大衆食堂を営む家系のものです」

聞いているのか聞く気がないのか。蛇神様はなにも言わないけれど、そんなことはもう知らない。

女神様たちもこちらに心配そうに視線を注いでいる。花神様、昨日あれだけ忠告してくれたのにごめんなさい。でもこれだけは言わせてください。

「毎日の昼ご飯を食べるのにちょうどいい店です。でも、特別な日……誕生日だったり、結婚記念日だったり、プロポーズする日だったり……そんな日のために使うには、あまりにも庶民的過ぎる食堂です。だからこそ、そんな特別な日のために料亭みたいなところが存在するんだと思いますが。料亭は一見さんお断りだったり、かしこまった服装で行かないといけなかったり、予約がなかなか取れなかったり、特別な日以外は格式が高過ぎて、あたしのような者はずっとは通うことができません」

「……話が見えぬのう」

相変わらずの厭味ったらしい言動ではあるけれど、聞く気になってくれたらしい。そのことにほっとしつつ、あたしは言葉を続ける。

多分。神様の理っていうのは必要なことなんだとは思う。神域を守るっていう意味では。ただ、そこには人間の都合は入っていない。人間の都合と神様の都合の折衷ってそこまで難しいものなのか。

どっちかがどっちかの都合のせいで台無しになるって、やっぱりおかしい。

「大衆食堂も、料亭も。どちらも必要なんです。……それと同じです。あたしの知っている神域は出雲の神域からしてみれば米粒程度の、大したことないところなのかもしれません。でも出雲から取りこぼされた者たちにとっては、仕事もあるし、なかなか住み心地のいい場所なんです。そういうところがないと出雲から追い出された者は路頭に迷ってしまいます。だからといって出雲の神域がなくていいわけでもない。出雲はどこよりも特別な場所じゃないと駄目なんです」

あたしは御先様の神域の風景を思い出した。

御先様はあの気難しい性格だから扱いづらいし怖がったりもするけれど。付喪神たちは御先様のことを嫌いではないんだ。

「あたしが知ってる神域で働いてる付喪神たちは、皆ここに来たくて頑張ってます。だから……だから、どちらかだけじゃなくって、どちらも必要なんです」

そこまで言い切ってから、あたしは畳に額を擦り付けた。……あたしはずいぶんと、土下座をするのに躊躇がなくなったような気がする。

「さしでがましいことを言って、大変申し訳ありませんでした」

あたしの最後の言葉で、広間に沈黙が降りる。ちくちく突き刺さるような視線は未だに集まったままだけれど、あたしはそのまま痕がつくほど畳に額を押しつけていた。

「……もうよい、面を上げよ」

その声に、思わずビクンと肩を跳ねさせる。その声は蛇神様のものではない。海神様のものだった。あたしはそっと顔を上げると、蛇神様の隣に海神様がいた。蛇神様はふてぶてしい顔で、海神様を半眼で睨む。

「ずいぶんと肩を持つな、海神」

「そう言うな、蛇神殿。人と神は理がちがう。そんなこと、わかりきっていることであろう？」

「……ふん」

そのまま酒を銚子から手酌で注ぎ、それを仰ぐと、思い出したかのように言葉を付け足した。

「もうよい、下がれ」

「……失礼いたします」

あたしはもう一度手を突いて頭を下げてから、広間を出た。

広間の襖をパタンと閉めると、あたしはその場にしゃがみ込んでしまった。ずっと感じていたプレッシャーで、膝に力が入らなくなってしまっている。

どうにか腕を突っ張って、ずりずりと廊下の端っこに移動する。

そのとき、まっ白な髪が揺れているのが目に留まった。広間ではなく廊下に面した中庭を散歩していたらしい。

「御先様」

あたしは声をかけてから、未だに力が入らずに座り込んだままだと気付く。慌てて立ち上がろうとしても、生まれたての小鹿みたいになってしまって、ついついふらついてしまう。

ふらついていたら、まっ白な髪が揺れ、こちらのほうに近付いてきたのがわかる。庭を歩いていた御先様は廊下でふらついているあたしの顔を覗き込むように見上げてくる。

「なにをやっている」

「え、ええっと……ちょっと呼び出しを受けて、お話をしていました……！」

「そうか」

そのひと言で、なんとなくほっとする。

御先様は悪くない。蛇神様は感じ悪いけれど、出雲の神様の考えと御先様の考えはとことん合わないんだろうし、合わないものはしょうがないよねって思う、それだけだ。

あたしはようやくちゃんと立ちあがると、御先様に「今日、夕餉はどうしましょう？」と聞く。すると予想に反して、御先様は「よい」と首を振った。

「そろそろ神在月も終わる。一度くらいは広間で食べねばならんだろう」

「えっ⁉　あ！　ちょっと巫女さんたちに言ってきます！」

御先様はそのまま廊下に上がってきて、広間に向かう。あたしはそれを見て、ガッツポーズを取る。

このタイミングだったら、次にうずらさんのつくる魚料理が運ばれるはずだけれど、それだけだと絶対にお腹が空いてしまう。椿さんたちにこれまで出た他のものを一緒に運んでもらえないか交渉してこないと。

蛇神様のことが頭にちらついたけれど、多分もう大丈夫だ。それに。

もうすぐ神在月は終わる。やっぱり出雲でおいしいものを食べてほしい。

＊＊＊＊

手帳に今日の朝餉の献立を記入しておく。御先様の神域よりも材料には困らなかったけれど、このひと月はずいぶんと神経をすり減らしながら料理をつくっていたような気がする。

今日で最後。

ぱらぱらとめくってから、荷物をまとめると、外へ出る。

遠方から来ている神様から順番に自分たちの神域へと帰るのだ。あたしたちの順番はもうちょっと先らしい。

「りんさん！」

あたしが荷物を肩に引っかけていたら、椿さんがぱたぱたと走ってきた。彼女の奉仕活動は今日で終了。通行手形を返却したら、神域にはもう来られなくなる。

彼女はあたしに「はい！」とメモを渡してくれた。スマホの番号にメールアドレスだ。

あたしはそれを見て、目をパチパチさせる。

「いやあ、あたしこれ。次いつ使えるかわからないですよ？」

「でも、本当になにからなにまでお世話になりっぱなしでしたから。他になにもありませんけど……現世に戻れたら、うちの民宿でごちそう出しますんで。それに、河童さんのことをお任せしますし」

「あたしだって、椿さんがいなかったらガールズトークできなかったし。スパイス入りの南蛮漬けを思いつかなかったです。ありがとうございました」

「じゃあ、お互い様ってことですね！」

そう言って椿さんが笑うのに、あたしもつられて笑う。

あたしも自分の、電話番号とメールアドレスを書いて渡す。いつ連絡取り合えるかはわからないけれど。

「ほらー、椿そろそろ帰るよー」

他の巫女さんたちが椿さんを呼んでいる。それに「はい！」と椿さんは返事をする。あたしと椿さんは手を振り合いながらお別れした。

あたしは椿さんと別れてから、はじめてこの神域に来たときにとおった門へと向かう。

門の付近は天と地が引っくり返ったような騒ぎになっていた。荷物をまとめるために付喪神たちが動き回り、迎えにきた牛車が列をなしながら唸り声をあげている。

料理番たちは料理長さんを含めてほとんどが獄卒や死者のせいか、物々しい火の玉が渦巻いている牛車に荷物を積み込んでいるようだった。

「よっ」

「わあ……っ!?　あ、料理長さん！　うずらさんも……！」

あたしは思わず背筋をピンッと伸ばす。

このふたりには特にお世話になった。ふたりがあれこれ面倒見てくれて、技術を教えてくれたから、あたしもすっごく勉強になった。

「本当にひと月、お世話になりました……っ！」

あたしが頭を下げると、料理長さんは怖い顔を綻ばせて、うずらさんは青白い頬を緩めて笑ってくれた。

「その元気と謙虚さがお前さんを成長させるだろうさ」

料理長さんがそう言って目を細めるのに、あたしはジンと胸に染みるものを感じた。それにしても……柊さんがいないな。あたしがキョロキョロと視線をさまよわせていると、うずらさんが溜息をついた。

「柊は御前試合の際にずいぶんと神様に気に入られたらしくてな。あれはしばらくはよそ

の神域で厄介になるらしい。まあ、あいつは包丁片手にどこにでも渡っているやつだから
な」

「えっ……そういうのって、ありなんですか？　だって、あの人、地獄の……」

「既に服役を終えているんだ……神様に好かれやすいんでなかなか黄泉(よみ)に行かせてもらえないんだ」

……なんか聞いたらまずいようなことまで聞いたような気がするぞ。本当に神様って、身勝手な生き物だな……。思わず遠い目になったけれど。

あたしが苦笑いを浮かべていると、背後からまた声をかけられた。

「よっ、おめさんも帰るところかい？」

噂をすればなんとやらで、柊さんだ。いつもの飄々とした態度で、本当に包丁入れだけ持って口元に笑みを浮かべている。

「柊さん、引き抜かれたって聞きましたけど……」

「あの世とこの世とあっちこっち巡りもまた一興だべなあ。生きてたらこんな面白いことにも巡り合わなかっただろうさ」

「あ、あたしまだ生きてますんで!!」

「ああ、こりゃ失敬」

そう言いながらまたものらりくらりとした態度を取るのに、あたしは思わず笑ってしまっていたら、「まあ」と柊さんはまたも読めない笑顔を向けてくる。

「おめさん、女神様方にずいぶん気に入られたらしいじゃねえか」

……恐るべし出雲の情報網。

「そりゃ単純に料理番に女が珍しいからでしょ」

「いやいや……楽しんだもん勝ちだろうさ。ああ、そうだ。老婆心でひとつさ」

そう言って、柊さんはひょいと人差し指をあたしに近付けた。

「誰に一番食べさせたい料理か、それさえ忘れなかったらなんとかなるだろうさ。楽しんでけ」

言いたいことだけ言うと、柊さんはもう振り返ることなくさっさと牛車の一台に乗り込んでしまった。

楽しめ……か。誰に食べさせたいっていうのだったら、そんなの最初から決まっている。

でも、楽しむことを忘れないっていうのは案外難しい。

「ありがとうございます!!」

あたしはもう簾が降ろされた柊さんの乗った牛車にそう言うと、再び料理長とうずらさんに振り返った。

「本当にお世話になりました!!」

ふたりにもう一度挨拶してから、あたしもまた御先様の神域行きの牛車へと走って行った。

ころんはちりとりを持って待っていてくれ、そのちりとりの上には花火が待っている。

隣には氷室姐さんもいる。氷室姐さんはいつもの顔で、けざやかに笑う。

「おーや、あんたもずいぶんと知り合いが増えたみたいじゃないかい」

「えへへ……ほーんと、いろいろありましたよ、このひと月」

ここに来たときよりもずいぶんと広くなった牛車に乗り込むと、やがてからからと車輪が回る音が聞こえはじめた。もうじき、空を飛ぶんだろう。

次に来る出雲は現世か神域か知らないけれど、また来たい。嫌なこと、悔しいこと、納得いかないことたくさんあった。毎日、毎日汗まみれで、腰も肩もずっと痛い。けど、たくさん出会いがあった。楽しいこともあった。勉強になった。絶対に、また来る。

簾の外に見える出雲の神域はもう遠ざかっていた。

終章

牛車の揺れに身を任せてうたた寝している間に、気が付いたら御先様の神域へと帰ってきていた。

停まった牛車からは、たくさんの付喪神たちが飛び出してきて、荷物を次々と運んでいく。ころんも荷物を運ぶ付喪神たちの仲間に入っていった。花火はちりとりの上で未だにくーくー眠り続けているけれど。この子は出雲でずっと手伝ってくれていたから、もうちょっと寝かせてあげてもいいかな。

あたしは一度背伸びしてから牛車を降りる。「お疲れさん」と声をかけられた。

烏丸さんがたすき掛けして手を振っていた。烏丸さんの休暇も、今日で終わりだ。でも多分、休暇だって言葉を口に出しちゃ駄目なんだろう。

あたしはなにも知らない顔をしてぺこんと頭を下げる。

「烏丸さんも、お留守番お疲れ様です」

「ああ。初の出雲はどうだったかい？」

「うーんと」

下っ端として手伝いをしたり、朝餉の準備でバタバタ走り回ったり。久々に現世に顔を出せたり、途中で御前試合をしたり、女神様たちと女子会したり、偉い神様に呼び出しを食らったり。立ち話では語り尽くせないので、烏丸さんにはおいおい話していこう。

「楽しかったです」

「そりゃなによりだ」

「あっ、河童。あの子はどうなってますか？　椿さんから頼まれていますから、あの子のこと」

「ああ、あいつは」

烏丸さんがひょいっと見た先には、畑。大半の鍬神が出雲に出ていたにもかかわらず、冬の野菜がすこしずつだけれど育っているみたいだ。それに。

ぴょこんぴょこんと水やりをしている緑色の付喪神は——。河童が水やりをしているのを見て、あたしは心底ほっとする。

「あの子にも名前を付けてあげたほうがいいですかねえ」

「まっ、それはお前さんのお好きに」

それにしても。御先様はどこに行ったんだろう。御先様の牛車のほうが先に出たと思ったんだけれど。あたしがきょろきょろとしていると、烏丸さんが苦笑する。

「御先様は、真っ直ぐに花園に行ったんだろうな」

「花って……今の時期なんか咲いてましたっけ」

「いや、そろそろ紅くなってるしなあ」

「紅く……あ」

あたしは「ありがとうございます！」と烏丸さんに頭を下げてから、そのまま走り出した。花園には、紅葉の木が生えている。今が現世だったら十二月はじめのはずなんだから、もしかして。そのまま走っていった先の景色を見て、思わず息を飲む。

赤、黄色、橙。

錦絵を広げたかのように、見事に紅くなった紅葉の木があった。御先様はそれを悠然と眺めていた。この神様は本当に、季節の植物が好きらしい。

「あの、御先様。長旅のあとですし、お休みになりませんか？」

あたしの言葉に、御先様はゆっくりと振り返った。出雲ではいつも肩身が狭そうにしていて、ずっと不機嫌でピリピリしていた御先様だったけれど、今は憑き物が落ちたかのようにすっとした顔をしている。

最後の何日かは普通に宴に参加して食事をしていたはずだけれど、他の神様とはどうだったんだろう。

あたしはこわごわと御先様を見ていたら、御先様は独り言のようにぽつんと言う。

「……久々に味のする食事であった」

「え？　ええっと……」

「砂を嚙むようなものではなかった」

「あ、ああ……！」

それにあたしはぽん、と手を叩く。

神様たちの宴に参加するのが嫌で、ひとりで食べたほうがまだマシっていう状態だったのに……。それはすごい進歩だと思う。

「あの、どうせなら。今日の夕餉は紅葉狩りをしながらにしませんか？」

「……花見の次は、それか？」

「いっつも御先様はひとりで召し上がっていますから、どうせなら烏丸さんとか氷室姐さんとか呼んで、紅葉を眺めながら食べられたら……って思ったんですけど、さすがに駄目ですかね……」

駄目元で聞いてみる。

御先様は相変わらずのまっ白な目で、こちらをじっと見たあと、ふんと鼻息を立てる。

「好きにするといい」

「え⁉　はい！　ありがとうございます！」

ぺこんと頭を下げると、あたしは烏丸さんには紅葉狩りをすると伝え、花火をつれて勝手場へと急ぐ。ころんはもう荷物整理終わったかな。なにをつくれるか、一緒に食材を探す手伝いをしてもらおう。

＊＊＊

久々の勝手場に入るとすぐに花火の片割れがかまどの下から出てきた。

「まってたんだぞ」

あたしが持っていたちりとりの上の花火がぴょんと跳ねて、片割れの花火の横に並んで合体する。そして一度火の粉を散らした。

あたしはまず一ヶ月使っていなかった勝手場を綺麗にすることにした。箒とちりとりで掃除する。烏丸さんにつくっていった保存食は綺麗になくなっていた。

「烏丸さん、料理ちゃんとできたんだ。よかった」

すると元の大きさに戻ったはずの花火がまた半分になり、残っていたほうの花火が「からすま、じょうずにこめたけるようになったんだぞ」と言った。そしてまた合体して元の大きさに戻る。

嬉しいなと思いながら、それぞれの手順を考えていたところで、久しぶりに嗅ぐ強烈な臭い。くーちゃんの「りーん」という間延びした声が聞こえてきたので、視線を下げた。

「ああ、くーちゃん。ありがとうね、来てくれて」

「これでいいのー？」

くーちゃんは塩と葉っぱがたくさん入っている漬け物鉢に、ちょん。と自分のかけらを入れてくれた。あたしはそれに急いで手を突っ込んでかき混ぜる。

それを眺めていた花火は、かまどの下で首を傾げた。花火はまた半分になってふたりで会話したり、またひとつに戻ったりを繰り返していたけれど、しばらくするとすっかりよく知っているサイズに戻っていた。

「なんだい、りん。それは」

「さすがくーちゃん。本当だったら一年くらいかかるのに。夏の間に摘んでいたやつをくーちゃんの力を借りて熟成を進めてもらったの」

「つけものなのか？」

「ううん。ちがうよ。ほら、赤くなってきた」

あたしはひょいっと漬け物鉢を斜めにして見せると、程よく熟成が進んで紅葉(こうよう)した紅葉が見えた。それに花火はますます不思議がる。

「みどりのもみじをわざわざあかくして……どうするんだ？　あかいのなら、にわにあるぞ？」

「うん、まだ緑の紅葉のほうが柔らかいし筋張ってないから。本当だったら一年くらい塩漬けにしておくんだ」

「たべるのか？」

花火が目をぱちぱち瞬かせるのに、あたしはにやりと笑う。

「うん」

秋らしいもの。相変わらず季節を生かした料理は苦手だけれど、克服していかないと駄目だろう。

さて、紅葉の熟成が済んだし、他のものもつくりはじめよう。出雲の食糧庫で余ったものは、分配されたのだ。いつもだったら滅多に手に入らない食材もある。

鶏肉の赤身。現世ならスーパーでぱっと買えるものだって、ここではなかなか手に入らない。これはなかなかありがたいなと思いながら、使わせてもらう。魚は鯖をいただくことにした。

「りんー、やさいとってきたー」

「とってきたー」

やってきたのはころんのほかに……河童。その光景に、あたしは思わずきょとんとした。

「ころん、ありがとう。あれ、河童も採ってきてくれたの？　ありがとうね」

「うんー」

ころんは笠にこんもりと、河童は両手にたっぷりと野菜を持ってきてくれた。意外なことに、鍬神としていつも畑の面倒を見ているころんはわかるとして、河童が採ってきてくれた野菜もどれも上等なものだ。河童ってどんな逸話があるんだろう。出雲に行ってた間、この子が畑で育ててくれたもんなんだろうか。

採ってきてくれた野菜は、ゴボウににんじん、椎茸、えのきだけ、さつまいも、白菜。しみじみと実りの季節だなと思う。

野菜を洗って皮を剝き、切っていると兄ちゃんがひょいっと顔を出した。

「おーい、りん。酒の準備してるけど、烏丸さんと姐さんも飲むんだってさ。お前はどうするよ？」

兄ちゃんはとぷん、と銚子を何本も手にぶら提げながら聞く。それを見ながらあたしは

「んー……」と唸る。

あんまりお酒、強くないんだよねえ。日本酒は度数が高いからすぐに回っちゃうし、皆に合わせてかぱかぱ飲んだら、引っくり返っちゃう。

「やめとくよ。そんなに強くないし」

「そうか。それにしても、御先様が紅葉狩り、ねえ……」

紅葉狩りをすることを、どうやら兄ちゃんは烏丸さんに聞いたらしい。

「いいじゃない。別に御先様が紅葉狩りしたって」

「や、悪いって言ってないけど。あの人、ひとりで勝手に見て楽しんでるから、他人を呼ぶなんてなあと思っただけで」

そうしみじみと言っているのに、あたしは「ふーん」とだけ答えた。そうだ兄ちゃんは神様たちの宴の席での御先様を知っているはずだ。落ち着いたら聞いてみたいな。

お米をざっと洗って、鶏肉をひと口大に、椎茸は賽の目に、ゴボウをささがきにして切り、醬油とみりん、酒を合わせて炊く。

ご飯を蒸らしている間に、鍋に小量の出汁を入れ切った白菜とえのきも入れる。沸騰したら酒と醬油を加えて煮る。隣の鍋ではかつお出汁にさつまいもとにんじんを入れて煮る。

前よりも少しは効率的に動けるようになったのは、出雲で他の料理番たちと一緒に動いていた影響だと思う。あれだけの数をつくるには最低限の動きでやらないと駄目だから。

白菜の鍋は白菜がとろとろになれば完成。さつまいものほうは火が通ったところで味噌を溶き入れる。

出雲からもらってきた鯖に塩を付けて炭火で焼き、最後に塩漬けした紅葉に手を伸ばす。

準備をしながら、ふと勝手場の外を仰ぐ。

畑を超えた先にある花園。

赤々と燃えるような紅葉に、自然と視線が奪われる。

＊＊＊＊

炊き込みご飯、鯖の塩焼き、白菜の炊いたん、さつま汁、それともうひとつ。

あの豪華な宴に比べたら、庶民的過ぎるとは思うけれど。ようやくひと息ついて食事ができるんだから、肩肘張らずに食べて欲しいと考えて、自然とそんな献立に落ち着いてしまった。それらを載せた膳を持って行く。

紅葉のよく見える場所に敷いた御座。

御座の上では既に氷室姐さんがのんびりと兄ちゃんのつくった酒を仰いでいるし、本当に珍しく烏丸さんも夕餉の前から酒を飲んでいる。

ころんと河童は甲斐甲斐しく料理を並べるのを手伝ってくれているし、くーちゃんは相変わらず兄ちゃんのあとをぽてぽて付いていって、紅葉を見上げている。花火はちりとりの上からのんびりと紅葉を眺めているけれど、そろそろ「はらへったー」を連呼しそうな頃合いだ。

御先様は御座のいちばん奥に座って紅葉を眺めていた。あたしはまず、御先様の前に膳を置く。ころんと河童も膳を運ぶのを手伝ってくれて、それぞれ氷室姐さんと烏丸さんの前に膳を並べた。

あたしは最後に「これも、お酒の肴にどうぞ」と言いながら、持ってきたものをそれぞれの膳にひと皿ずつ置いていった。それを見て氷室姐さんは「あらまあ」と笑う。

「紅葉の天ぷら、ねえ……」

「はい。せっかく秋なんで」

紅葉の塩漬けに薄く小麦粉で衣をつくって揚げたものだ。そんなにおいしいものではないけれど、見目もいいし、紅葉狩りにちょうどいいんじゃないかと思ったんだ。

烏丸さんは紅葉のてんぷらをぱりっと音を立てて食べ、「ん、美味い」と言いながら笑う。それにほっとして、あたしはゆっくりと食事をする御先様を見る。相変わらず綺麗に食べる手付きを眺めていたら、兄ちゃんが酒のおかわりを持ってきた。

「酒のおかわり持ってきました」

「ああ。じゃあこちらに置いて行ってくれ。そろそろこじかも飲んだらどうだ？　今日くらいいいですよね、御先様」

烏丸さんが兄ちゃんを御座の上に誘うと、御先様は「今日は、気を遣わんでよい」と静かに言った。

「あー……それじゃご相伴に与ります」

兄ちゃんもごそごそと御座に上がり、ちびりちびりと酒を飲みはじめた。兄ちゃんにも紅葉の天ぷらを勧めたら、それをぱりぱり音を立てつつ酒を仰ぐ。

あたしはころんや河童におにぎりを渡しながらその場でのんびりと紅葉を眺めていた。

「御先様、そろそろよろしいんで？」と烏丸さんが声をかけるのが耳に留まった。御先様は半眼で烏丸さんを一瞥したあと、今度はこちらを見てきた。

って、ええ？　なに？

あたし、帰ってきたばっかりで、まだなにもしてないと思うんだけれど。

あたしはおろおろと兄ちゃんと氷室姐さんを見る。兄ちゃんもまた本気でわかってない顔をしているし、姐さんにはいつものように気だるげに笑っているだけで助けてくれる気はないらしい。

こっちが慌てふためいているのを気にも留めずに、御先様は袖に手を入れた。

「りん」

「……！」

思わず息を飲んだ。ここに来てずいぶん経つとは思うけれど、愛称とはいってもこの人に名前を呼んでもらうのは、本当に久しぶりのことだった。

御先様が袖から出したものは、掌に収まるほど小さなもの。それをひょいとあたしのほうに差し出してきたので、あたしは御先様のほうに駆け寄って慌てて両手で受け取った。

それは紅葉や菊の絵が描かれた貝だった。ぽかんとしていたら、御先様はぽつんと言う。

「現世では、生まれた日は祝うもの、らしいな？」

「あ、はい……あの、これって」

誕生日プレゼント。

もう三ヵ月くらい過ぎているし、季節すら変わっているけど。でも御先様からしてみれば、三ヵ月なんて、誤差みたいなものなのかもしれない。

驚き過ぎて、この感情をどう表現したらいいかわからない。

「あ、そういえばお前の誕生日秋だっけか。おめでとー」

こっちがどぎまぎしているにもかかわらず、兄ちゃんは空気を読むことなく、平然と言ってのける。それを聞いて烏丸さんや氷室姐さんは目を見開いた。

「そうか。誕生日って、そう声をかけるものだったのか」

「厄除けや息災を祈願する人間におめでとうとは言われないしねえ」

ふたりの物言いに、そりゃ神域の人たちは誕生日は「おめでとう」と言って祝うものって知らないよなあと思い至る。それにしても。御先様がくれたこの貝ってなんだろう。

あたしは不思議に思って合わせてある貝を開けて、目が点になった。

緑色のつやつや光ったものが、その中には詰まっていたのだ。それに氷室姐さんは「あらまあ」と笑う。

「貝紅なんて洒落たもんさねえ」

「え、貝紅って、口紅ですよね？」

　でもこれ、どっからどう見ても緑色なんだけれど……なんで？　あたしがこれを見て困惑していたら、氷室姐さんが「お貸し」と言うのであたしは貝紅を渡す。

「これは薄く差したら赤くなるし、重ねて塗ったら玉虫色に光るんだよ。玉虫色にしてみるかい？」

「い、いや。遠慮しときます！」

　慣れないことでどぎまぎしてしまう。

　氷室姐さんは指でちょん、と貝紅の紅をすくうと、もう片方のなにも入ってないほうの貝をパレット代わりにしてそこに紅を載せた。さっきまでは緑色……いや、玉虫色って言うのか……だったそれは、すっと赤くなる。

「顔を上げて、唇を尖らせて」

「あ、はい」

　氷室姐さんに言われるがままに紅を差される。唇にすっと柔らかいものが走ったと思ったら、姐さんの指が離れていった。

　あたしの口に、烏丸さんと兄ちゃんが「おー……」と声を上げる。

「え、変、ですか？　変？」

　あんまり化粧をしないし、どうなってるのかわからないからおろおろして皆の顔を見回していたら、烏丸さんが笑いながら小さい円いものをこちらに向けてくれる。

「似合ってるぞ。お前さん、化粧をしないから新鮮に見えてなあ」

向けてくれたものは化粧するのにちょうどいい手鏡だった。そしてそのままそれを「俺からの贈り物だ」と渡してくれる。

おそるおそる鏡を覗き込む。唇が玉虫色になってピカピカ光るんじゃと思っていたけれど、そんなことはない。唇は鮮やかな紅色に染まっていた。思わず唇に触れる。

「あ、あの。本当にこんな素敵なもの、ありがとうございます……！」

あたしは御先様のほうを見て、ぺこんと頭を下げるけれど、御先様はいつものように「ふん」とふてぶてしい顔をするだけだ。

「生まれた日を、祝っただけのことであろう」

そのひと言で、あたしはなぜかほっとした。

食べることがつらいっていうのは、きっとつらい。

ずっとお腹を減らし続けていたら、人に対しての優しさも忘れてしまう。

せめてこの人が食べることが幸せであるようにしたい。

あたしはそのために、この人の料理番でいるのだから。

〈了〉

あとがき

地元には、よくわからない神社があります。

車もよく走っている道の端のほうに、鳥居が何重も連なっている神社です。稲荷神社みたいなのですが、なんでこんな狭い路地に、何重にも鳥居が連なった神社があるんだろうと、ときおり帰り道に傍をとおっては首を傾げていました。

ある日、参拝してみようと思い立ち寄ると、先客がいました。この辺りに住んでいる人のようです。この神社はなんですかと尋ねたところ、教えてくれました。

「昔ね、人に化けた狐に驚いた地元の人が、その狐を殺してしまったらしいの。その狐が可哀想だからと、神社を建てたらしいのよ」

まさか、こんな住宅街でこんな話を聞くとは思いませんでした。私はその人にお礼を言ってから、お賽銭を入れて参拝して帰ったのです。近所を散策してみると、意外とそういう話が隠れているのかもしれません。

今回はＷＥＢ版で既に公開済みだった「神在月編」のエピソードを中心に、再構築しました。こちらは元々、前作『神様のごちそう』で梨花が神隠しされてから現世に戻るまでの話の間に据えていたエピソードでした。なので、キャラクターの感情や成長がＷＥＢ版と今回の書籍版で変えなくてはいけませんでした。ＷＥＢ版では、梨花はまだ十代ですしね。これは困ったと思いながら、何度も何度も書き直して、今の形に落ち着きました。
今回も無茶なことを言いましたがとおしてくださいました庄司さん、今回も本当に丁寧な改稿指示をくださいました濱中さん、本当にありがとうございます。すごく素敵な表紙を描いてくださった転さん。WEB版から続けて読んでくださっている皆さん。前作で感想をくださった皆さん。本当にありがとうございます。

それでは、またどこかでお会いできましたら幸いです。
神様の事情が人間にはわからないように、人間の事情も神様にはわからないものです。他人の事情は他人には全て理解することが難しく、話を聞いても自分のフィルターをとおしてでしか把握することはできません。もしそれらに口を挟む場合は、土足で踏み荒らして逃げるような真似をせず、最後まで責任を取るのが理想的だと思いますが、なかなかままならないものです。

石田　空

この物語はフィクションです。
実在の人物、団体等とは一切関係がありません。

■主な参考文献
『日本料理 基礎から学ぶ器と盛り付け』畑 耕一郎（柴田書店）
『新版 食材図典　生鮮食料篇』（小学館）
『神社の解剖図鑑』米澤貴紀（エクスナレッジ）
『保存びんに、季節とおいしさ詰め込んで。』ダンノマリコ（主婦の友社）
『おとな旅プレミアム　出雲・松江 石見銀山・境港・鳥取』（TAC出版）
『出雲大社 松江 鳥取（マニマニ）』（JTBパブリッシング）
『超カンタン！ 漢方・薬膳』杏仁美友監修（エイ出版社）

石田 空先生へのファンレターの宛先

〒101-0003　東京都千代田区一ツ橋2-6-3　一ツ橋ビル2F
マイナビ出版　ファン文庫編集部
「石田 空先生」係

神様のごちそう―神在月の宴―

2018年２月20日　初版第１刷発行
2018年３月31日　初版第２刷発行

著　者　石田 空
発行者　滝口直樹
編　集　庄司美穂（株式会社マイナビ出版）　濱中香織（株式会社イマーゴ）
発行所　株式会社マイナビ出版
〒101-0003　東京都千代田区一ツ橋2丁目6番3号　一ツ橋ビル2F
TEL　0480-38-6872（注文専用ダイヤル）
TEL　03-3556-2731（販売部）
TEL　03-3556-2736（編集部）
URL　http://book.mynavi.jp/

イラスト　転
装　幀　AFTERGLOW
フォーマット　ベイブリッジ・スタジオ
校　正　菅野ひろみ
DTP　株式会社エストール
印刷・製本　図書印刷株式会社

神様のごちそう

突然、神様の料理番に任命——!?
お腹も心も満たされる、神様グルメ奇譚。

大衆食堂を営む家の娘・梨花は、神社で神隠しに遭う。
突然のことに混乱する梨花の前に現れたのは、
美しい神様・御先様だった——。たちまち重版の人気作。

著者/石田 空
イラスト/転